D1832495

चाणक्य
[उपन्यास]

चाणक्य

भगवतीचरण वर्मा

राजकमल प्रकाशन

ISBN : 978-81-267-1675-3

मूल्य : ₹ 495

© स्वत्वाधिकारियों की ओर से
विजयप्रताप सिंह वर्मा

पहला संस्करण : 1982
सातवाँ संस्करण : 2024

प्रकाशक : राजकमल प्रकाशन प्रा.लि.
1-बी, नेताजी सुभाष मार्ग, दरियागंज
नई दिल्ली-110 002
शाखाएँ : अशोक राजपथ, साइंस कॉलेज के सामने, पटना-800 006
पहली मंजिल, दरबारी बिल्डिंग, महात्मा गांधी मार्ग, प्रयागराज-211 001
1, अनमोल सोराबजी संतुक लेन, धोबी तलाव, मरीन लाइंस, मुम्बई-400 002
वेबसाइट : www.rajkamalprakashan.com
ई-मेल : info@rajkamalprakashan.com

मुद्रक : बी.के. ऑफसेट
नवीन शाहदरा, दिल्ली-110 032

CHANAKYA
Novel by Bhagwaticharan Verma

इस पुस्तक के सर्वाधिकार सुरक्षित हैं। प्रकाशक की लिखित अनुमति के बिना इसके किसी भी अंश को, फोटोकॉपी एवं रिकॉर्डिंग सहित इलेक्ट्रॉनिक अथवा मशीनी, किसी भी माध्यम से, अथवा ज्ञान के संग्रहण एवं पुन:प्रयोग की प्रणाली द्वारा, किसी भी रूप में, पुनरुत्पादित अथवा संचारित-प्रसारित नहीं किया जा सकता।

चाणक्य

पहला परिच्छेद

मकर-संक्रान्ति के सुअवसर पर मगध के सम्राट महापद्म नन्द के दानपर्व की आयोजना थी और उस दानपर्व में समस्त कर्मकांडी ब्राह्मण आमन्त्रित थे। महापद्म नन्द के निमन्त्रण पर नालन्दा विश्वविद्यालय के उपकुलपति आचार्य धर्मरक्षित अपने शिष्यों- सहित बुलाए गए थे। दो-तीन दिन पहले आचार्य धर्मरक्षित अपने शिष्यों-सहित पाटलिपुत्र पहुँच गए थे और राज्य की अतिथिशाला में ठहरे थे।

ब्रह्म-मुहूर्त में स्नान करने का विधान सदा से ब्राह्मणों में रहा है और उस विधान के अनुसार आचार्य धर्मरक्षित अपने शिष्यों के साथ गंगा में स्नान करने पाटलिपुत्र के गंगा-तट पर पहुँचे थे।

अनायास ही भयानक शीतलहरी का प्रकोप फैल गया था। एक सप्ताह से हिमालय पर हिमपात हो रहा था, और पाटलिपुत्र में मौसम सूखा था। इस सूखे मौसम में शीतलहरी का प्रभाव भयानक रूप से कष्टदायक होता है।

सूर्योदय होने में कुछ थोड़ा-सा समय बाकी था। आचार्य

धर्मरक्षित का दल गंगा-तट पर पहुँच रहा था। धर्मरक्षित का शिष्य श्रवणक थोड़ा-सा वाचाल था। उसने कहा, "किसमें शक्ति है शीत और ताप को समान भाव से ग्रहण करने की ? आज इसकी परीक्षा का अवसर है।" और उसके मुख पर एक शरारत-भरी मुस्कान आई, "आचार्य ! स्नान करने में यह हिचक क्यों ?"

आचार्य धर्मरक्षित कुछ स्थूलकाय व्यक्ति थे, उनकी आयु करीब पचपन वर्ष की रही होगी। श्रवणक की इस विनोदपूर्ण उक्ति का उत्तर भी उन्होंने विनोदपूर्ण ढंग से दिया, "श्रवणक ! इस सहन-शक्ति के प्रदर्शन में प्राण नहीं देने हैं। देख रहे हो, ब्रह्मचारी रोहित एक ही डुबकी लगाकर भाग खड़ा हुआ ! लेकिन आश्चर्य की बात है, वह कौन-सा व्यक्ति इतनी देर से गले तक पानी में खड़ा सूर्य का स्तवन कर रहा है ?"

आश्चर्यचकित-से सब लोग उस व्यक्ति की ओर देखने लगे। सूर्य का स्तवन करके और गंगा-जल से आचमन करके वह व्यक्ति जल से निकला और तट पर रखे अपने वस्त्रों को धारण करने लगा।

धर्मरक्षित ने कुछ ऊँचे स्वर में मानो अपने से कहा, 'वज्र का बना है इसका शरीर ! यहाँ का निवासी तो दिखाई नहीं देता।' फिर उन्होंने अपने दूसरे शिष्य निरूपक से कहा, "निरूपक, पता तो लगाओ कि वह कौन व्यक्ति है और कहाँ से आया है ?"

निरूपक उस व्यक्ति के पास पहुँचा। विनीत स्वर में उसने पूछा, "भद्र ! आप इस मगध के निवासी तो नहीं दीखते, अगर अनुचित न समझें तो निरूपक को अपना परिचय देने की कृपा करें !"

उस व्यक्ति ने अपने वस्त्र धारण कर लिए थे। धोती के ऊपर चोगे की तौर से ओढ़ा एक ऊनी शाल, एक माला को जो भूमि पर पड़ी थी, उसने अपने हाथ में ले लिया, फिर तनिक मुस्कराकर उसने कहा, "अपना परिचय ? इस भूखंड का एक

नगण्य-सा प्राणी जन्म-मरण की सीमाओं में बँधा हुआ।" फिर गम्भीर होकर वह बोला, "तक्षशिला का विष्णुगुप्त। नालन्दा के उपकुलपति के निमन्त्रण पर अपने युद्ध-शास्त्र की मान्यता प्राप्त करने आया हूँ।"

निरूपक ने तत्काल झुककर विष्णुगुप्त के चरणों की धूल अपने मस्तक पर लगाई, "आप ही आचार्य विष्णुगुप्त हैं ! हम लोग बड़ी व्यग्रता के साथ नालन्दा में आपकी प्रतीक्षा कर रहे हैं ! यह सौभाग्य की बात है कि नालन्दा के आचार्यों का एक दल मगध-नरेश के निमन्त्रण पर उनके दानपर्व में योगदान करने के लिए पाटलिपुत्र आया है।" फिर उसने आचार्य धर्मरक्षित की ओर संकेत करते हुए कहा, "वह नालन्दा विश्वविद्यालय के उपकुलपति आचार्य धर्मरक्षित खड़े हैं।"

"आचार्य धर्मरक्षित !" विष्णुगुप्त बोले, "यह नहीं सोचा था कि वह यहाँ इतने सहज ही मिल जाएँगे।"

और निरूपक के साथ विष्णुगुप्त ने धर्मरक्षित के पास पहुँचकर कहा "मैं चणक-पुत्र विष्णुगुप्त आचार्य धर्मरक्षित का अभिनन्दन करता हूँ।"

धर्मरक्षित ने दो पग आगे बढ़कर कहा, "अरे आचार्य विष्णुगुप्त ! आशीर्वाद !" और उन्होंने विष्णुगुप्त को गले लगाया, "हम लोग न जाने कब से तुम्हारी प्रतीक्षा कर रहे हैं। तुम्हारा स्वागत है। मगध-नरेश महापद्म नन्द ने मकर-संक्रान्ति के अवसर पर मगध के कर्मकांडी ब्राह्मणों के साथ नालन्दा विश्वविद्यालय के आचार्यों एवं स्नातकों को अपने दानपर्व के सत्र में आमन्त्रित किया है। उसी सत्र में नालन्दा विश्वविद्यालय के कुलपति मगध-नरेश द्वारा तुम्हें आचार्य की पदवी की मान्यता भी मिल जाएगी। कितना सुसंयोग है ! तुम यहीं प्रतीक्षा करो, तब तक हम लोग स्नान कर लें। फिर तुम भी हम लोगों के साथ चलो। राज्य की अतिथिशाला में हम लोगों के साथ

तुम्हारे ठहरने की व्यवस्था भी हो जाएगी।''

आचार्य धर्मरक्षित का दल स्नान करके विष्णुगुप्त के साथ अतिथिशाला की ओर चल पड़ा।

मार्ग में पाटलिपुत्र की बस्ती थी और बाजार था। पथ पर चलते हुए धर्मरक्षित ने विष्णुगुप्त से पूछा, ''यहाँ पहुँचने में विलम्ब का कारण पूछ सकता हूँ ?''

विष्णुगुप्त ने उत्तर दिया, ''इन दिनों मगध का राजमार्ग सुरक्षित नहीं है। राजमार्ग पर दस्युओं और आततायियों का आतंक बढ़ गया है तो वाराणसी से जल-मार्ग ग्रहण करना पड़ा।''

कुछ दबे हुए और चिन्तित स्वर में धर्मरक्षित ने कहा, ''महापद्म नन्द के पुत्रों की उच्छृंखलता बढ़ती जा रही है, और बढ़ता जा रहा है मगधनरेश का स्वर्ण के प्रति मोह। करों की वसूली में जो कड़ाई बरती जा रही है वह कहीं-कहीं अत्याचार और अनाचार की सीमा पार कर गई है। प्रजा त्रस्त है।''

इसी समय सब लोग ठिठककर रुक गए, कुछ दूरी पर एक कोलाहल उठ रहा था। एक श्रेष्ठी के घर के बाहर भीड़ खड़ी थी। वहाँ कुछ घुड़सवार श्रेष्ठी से जबर्दस्ती स्वर्णमुद्राओं की थैलियाँ उसके घर में घुसकर छीन रहे थे। यह घुड़सवार मुद्रा से राजकुमार लगते थे। श्रेष्ठी चिल्लाकर कह रहा था, ''यह अन्याय है। मैं एक मास पहले ही कर दे चुका हूँ। पावती मेरे पास है।''

एक घुड़सवार ने बढ़कर श्रेष्ठी के गाल पर एक तमाचा मारकर कहा, ''अबे ! यह अतिरिक्त कर लिया जा रहा है।''

भीड़ में खड़े कुछ लोग बोल उठे, ''प्रतिष्ठित नागरिकों के साथ यह अभद्र व्यवहार ! यह असह्य है।''

दूसरे घुड़सवार ने घुड़ककर कहा, ''तुम लोग जाते हो कि कारागार में बन्द होगे।'' और यह कहकर उसने भीड़ की ओर अपना घोड़ा दौड़ाया।

सब लोग भाग खड़े हुए।

विष्णुगुप्त ने धर्मरक्षित से कहा, "यहाँ तो निरंकुशता का साम्राज्य है !" धर्मरक्षित ने सहज भाव से उत्तर दिया, "शासन सदा निरंकुश होता है, विशेष रूप से करों के उगाहने में।" और वह सब लोगों के साथ चल पड़े—मार्ग साफ था।

दस-बीस पग चलने के बाद ही विष्णुगुप्त ठिठककर खड़ा हो गया। एक बड़े प्रासाद से एक घुड़सवार एक अधेड़ विधवा को घसीट रहा था और उसके आभूषण छीन रहा था। वह स्त्री चिल्ला रही थी, "तुम लोगों का नाश होगा जो एक असहाय विधवा को लूट रहे हो। मेरे पति की मृत्यु का कर मेरे पति की सम्पत्ति से लो, मेरे आभूषणों से नहीं।"

और विष्णुगुप्त ने देखा कि एक तेजस्वी दिखनेवाले युवक ने अपने साथ के घुड़सवारों-सहित इन कर वसूल करनेवालों पर आक्रमण कर दिया। यह कर उगाहनेवाले लोग तत्काल भाग खड़े हुए। विधवा अपने घर में घुस गई और उसनें घर के पट बन्द कर लिए। यह दल जितनी तेजी के साथ कहीं से आया था, वैसे ही लोप भी हो गया।

विष्णुगुप्त के मुख पर एक सन्तोष की मुद्रा आई, "आततायियों का प्रतिरोध और अत्याचार का विरोध भी हो रहा है, यह शुभ लक्षण है। इस दूसरे दल का नायक बड़ा तेजस्वी युवक दिखता था।"

लेकिन विष्णुगुप्त के मुख पर आए सन्तोष के ठीक विपरीत आचार्य धर्मरक्षित के मुख पर चिन्ता का भाव आ गया—"वह रानी मुरा का पुत्र चन्द्रगुप्त था। मैंने इसे आदेश दिया था कि वह नालन्दा विश्वविद्यालय की सीमा के बाहर न निकले। लेकिन उसे तो प्राणों से खेलने का पागलपन वरदान में मिला है। मैं उसके लिए अतीव चिन्तित हूँ।"

विष्णुगुप्त ने धर्मरक्षित के साथ चलते हुए पूछा, "चिन्ता का कारण जान सकता हूँ ?"

धर्मरक्षित ने उत्तर दिया, "नन्द के नौ राजकुमारों ने चन्द्रगुप्त के विरुद्ध एक दल बना रखा है। चन्द्रगुप्त को मगध-नरेश का उत्तराधिकारी होना चाहिए नन्द का ज्येष्ठ-पुत्र होने के नाते, लेकिन राजपुरोहितों ने इन भ्रष्ट राजकुमारों के षड्यन्त्र से प्रभावित होकर यह विधान दे दिया है कि शूद्रा का पुत्र होने के कारण चन्द्रगुप्त मगध के उत्तराधिकार से वंचित है। यह लोग उसके प्राण लेने पर तुल गए हैं, तो रानी मुरा ने चन्द्रगुप्त को मेरे हाथों सौंप दिया है। नालन्दा विश्वविद्यालय पर शासन मगध-नरेश का नहीं, मेरा है; तो वहाँ कोई भी बाहरी व्यक्ति चन्द्रगुप्त का अहित नहीं कर सकता। मैंने चन्द्रगुप्त को आश्रय दे दिया है।"

विष्णुगुप्त बोले, "ठीक ही किया है आपने आचार्य। स्मृतिकारों के अनुसार नन्द के साथ मुरा का विवाह अनुलोम होने के कारण चन्द्रगुप्त क्षत्रिय है। उसके साथ पुरोहितों ने अन्याय किया है।"

धर्मरक्षित ने उत्तर दिया, "न्याय-अन्याय, इसकी कसौटी स्मृतियों की रचना करनेवाले ब्राह्मणों का विधान है। चन्द्रगुप्त साहसी है, बली है, किसी-न-किसी दिन वह अपना अधिकार स्वयं प्राप्त कर लेगा। लेकिन अभी तो उसके प्राणों का संकट है। जहाँ तक नन्द का प्रश्न है, वह लोभी है, दम्भी है, लेकिन अभी तक वह अन्यायी और निरंकुश नहीं बना है। वैसे वह अपने इन निरंकुश और अन्यायी पुत्रों से विवश है। इन लोगों के इस ब्राह्मणों का बल है—बड़ी विचित्र विडम्बना है।"

विष्णुगुप्त ने पूछा, "आचार्य, आप इन ब्राह्मणों को समझाते क्यों नहीं ? आप तो ब्राह्मणों के शिरोमणि हैं !"

विवश भाव से धर्मरक्षित ने उत्तर दिया, "ब्राह्मण जब लोभी

हो जाते हैं तब धर्म का ह्रास होता है। मुझे तो भविष्य में हिन्दू धर्म के विनाश की सम्भावना दिखती है। मैं वृद्ध हो रहा हूँ, तुम आ गए हो, तो मुझे तुम्हारा बल प्राप्त होगा। बहुत सम्भव है परसों के बाद मुझे आशा की किरण भी दिखे, जब मैं अपना उत्तराधिकार तुम्हें सौंप दूँगा।"

दूसरा परिच्छेद

समस्त पाटलिपुत्र में मगध-नरेश महापद्म नन्द के दानपर्व की चर्चा थी। राजभवन से कुछ हटकर एक छोटे-से विशेष कक्ष में इस सत्र की व्यवस्था थी और इसका प्रबन्ध महामन्त्री राक्षस के हाथ में था। मुख्य द्वार पर खड़े महामन्त्री राक्षस अतिथियों का स्वागत कर रहे थे। उन्होंने प्रत्येक अतिथि के लिए एक विशेष आसन की व्यवस्था कर दी थी, जिस पर उनके आदेशानुसार भृत्यों द्वारा अतिथियों को बैठाया जाता था।

कक्ष के बीचोबीच राजसिंहासन था। इस सिंहासन के दक्षिण-भाग में आचार्यों एवं अन्य ब्राह्मणों के आसन थे और वाम-भाग में सामन्तों एवं अन्य राज्याधिकारियों के आसन थे। आचार्य धर्मरक्षित का दल वेद-पाठ करता हुआ मुख्य द्वार पर पहुँचा। महामन्त्री राक्षस ने कुछ पग आगे बढ़कर आचार्य धर्मरक्षित से कहा, "इस पर्व के मुख्य अतिथि आचार्य धर्मरक्षित, आपका हार्दिक स्वागत ! आपके साथ जो सज्जन हैं वह मगध के वासी तो नहीं दीखते, इनका परिचय देने की कृपा करें।"

आचार्य धर्मरक्षित ने उत्तर दिया, "यह तक्षशिला के आचार्य विष्णुगुप्त हैं।"

"याद आ गया, यह युद्ध-विद्या के आचार्य हैं। मगध विश्वविद्यालय द्वारा मान्यता दिलाने के लिए मैंने इन्हें तक्षशिला से आमन्त्रित किया था।"

"संयोग की ही बात है कि यह दो दिन पहले पाटलिपुत्र आए और जब हम लोग प्रातःकाल स्नान करने गंगा-तट पर गए, तो इनसे भेंट हो गई। मैंने इन्हें राज्य की अतिथिशाला में अपने साथ ठहरा लिया है। दानपर्व के इस सत्र में भाग लेने के लिए मैं इन्हें अपने साथ ले आया हूँ।"

किंचित मुस्कान के साथ राक्षस ने कहा, "आपने उचित ही किया। इस सत्र में इनका आसन आपके बाद दूसरा होगा। इसी सत्र में मैं नालन्दा विश्वविद्यालय के कुलपति मगध-नरेश द्वारा इन्हें मान्यता दिलाने की व्यवस्था भी किए देता हूँ। अब आप लोग अपना आसन ग्रहण करें।" और उन्होंने एक भृत्य को संकेत किया। उस भृत्य ने इन लोगों को इनके आसनों पर बैठा दिया।

उस समय तक सभाकक्ष अतिथियों से खचाखच भर गया था। राजसिंहासन खाली पड़ा था, लेकिन राजसभा के दक्षिण-भाग में ब्राह्मणों की एक भीड़-सी एकत्रित थी और वाम-भाग में सामन्तगण बैठ गए थे, लेकिन मन्त्रिपरिषद के सदस्यों एवं राज-कर्मचारियों के आसन रिक्त थे, क्योंकि यह लोग महाराजाधिराज के स्वागत के लिए खड़े थे।

और तभी प्रतिहारी ने उच्च स्वर में घोष किया, "सावधान ! महाराजाधिराज अब राज-परिवार के साथ राजदरबार में प्रवेश कर रहे हैं।"

सब लोग उठ खड़े हुए। आरती और मंगल-गान के साथ महापद्म नन्द ने सभाकक्ष में प्रवेश किया। महामन्त्री राक्षस ने उनके

पास जाकर उन्हें आसन पर बैठाया। महापद्म नन्द के नौ राजकुमारों के आसन राज-सिंहासन की बगल में ही थे। वह भी अपने आसनों पर बैठ गए।

राजदरबार की कार्यवाही आरम्भ हुई। राक्षस ने उच्च स्वर में पुकारा, "श्रेष्ठी सोमदत्त !"

श्रेष्ठी सोमदत्त का आसन महापद्म नन्द के आसन के पीछे था और उसके पास स्वर्ण-मुद्राओं की थैलियाँ थीं। महापद्म नन्द ने अपने अतिथियों को गर्व से देखा, फिर दम्भ के स्वर में बोला, "धनपति कुबेर की भाँति मेरा कोषागार भी स्वर्ण-मुद्राओं से भरा है। लेकिन महापद्म नन्द दान देना भी जानता है। ब्राह्मणगण धर्म के प्रवर्तक हैं तो इस दानपर्व में उन्हें दान मिलेगा। उसकी श्रेणी के अनुसार उनकी तालिका महामन्त्री राक्षस के पास है, वह आचार्यों एवं अन्य ब्राह्मणों के नाम पुकारें।"

राक्षस ने कहा, "इस तालिका में प्रथम नाम नालन्दा विश्वविद्यालय के उपकुलपति आचार्य धर्मरक्षित का है। उन्हें एक सहस्र स्वर्ण-मुद्राओं की राशि अर्पित है।"

श्रेष्ठी सोमदत्त ने एक सहस्र स्वर्ण-मुद्राओं की थैली महापद्म नन्द को पकड़ा दी। आचार्य धर्मरक्षित ने बढ़कर राज-सिंहासन के आगे नमन किया, फिर थैली लेकर उन्होंने महापद्म नन्द को आशीर्वाद दिया, और सन्तोष एवं हर्ष की मुद्रा में अपने आसन पर लौट आए।

राक्षस ने सूची देखकर कहा, "इस तालिका में दूसरा नाम तक्षशिला से पधारे हुए युद्ध-विद्या के आचार्य विष्णुगुप्त का है।"

नन्द ने राक्षस से कहा, "नालन्दा विश्वविद्यालय में युद्ध-विद्या का आचार्य आर्यावर्त का चक्रवर्ती सम्राट मैं महापद्म नन्द हूँ। उपकुलपति के आग्रह पर मैंने उन्हें मगध में आमन्त्रित किया है। विष्णुगुप्त को पंचशत स्वर्ण-मुद्राएँ प्रदान की जाएँ।"

विष्णुगुप्त ने आसन से उठकर राज-सिंहासन के आगे नमन किया। उसने नन्द के हाथों से स्वर्ण-मुद्राओं की थैली नहीं ली, गम्भीर स्वर में वह बोला, "महाराज के शौर्य और प्रताप से समस्त आर्यावर्त भयभीत और आतंकित है। नालन्दा विश्वविद्यालय के निमन्त्रण पर मैं नालन्दा विश्वविद्यालय की मान्यता प्राप्त करने आया हूँ। मुझे स्वर्ण-मुद्राओं की आवश्यकता नहीं है।"

समस्त सभा स्तब्ध-सी विष्णुगुप्त को देखने लगी। जैसे उस समस्त सभा के मन की बात महापद्म नन्द ने स्वयं कह दी, "स्वर्ण-मुद्राओं की तुम्हें आवश्यकता नहीं ! आश्चर्य ! लक्ष्मी के तिरस्कार का कारण मैं जानना चाहूँगा।"

विनम्र स्वर में विष्णुगुप्त ने उत्तर दिया, "कारण जानने का आग्रह न करें, महाराज ! सत्य कभी-कभी बड़ा अप्रिय और कठोर होता है।"

नन्द ने तनकर कहा, "आचार्य विष्णुगुप्त ! भगवान शंकर की परम्परा में कटु और कठोर सत्य को गरल के समान धारण करने की क्षमता महापद्म नन्द में है। तुम अपनी बात कहो, मैं तुम्हें अभयदान देता हूँ।"

विष्णुगुप्त ने आकाश की ओर हाथ जोड़ते हुए कहा, "देवो और पितरो ! मुझे बड़ी विवशता की स्थिति में यह अप्रिय और कठोर सत्य कहना पड़ रहा है, तुम साक्षी हो !" फिर उसने तनकर नन्द से कहा, "महाराज, प्रजा को उत्पीड़ित करके उससे बलात् छीना हुआ धन दूषित और कलुषयुक्त है। इस धन का एक छोटा-सा भाग ब्राह्मणों को दान करके महाराज को कलुष से मुक्ति नहीं मिल सकेगी।"

भय और शंका का एक दबा हुआ कोलाहल सभाकक्ष में गूँज उठा। नन्द ने क्रोध-भरे स्वर में कहा, "महापद्म नन्द का अपमान करनेवाले इस नीच को बन्दी बना लिया जाए, महामन्त्री !"

शान्त भाव से राक्षस ने कहा, "महाराज ने इन्हें अभयदान दिया है। फिर विष्णुगुप्त आचार्य हैं, ब्राह्मण हैं।"

नन्द अब पूरी तौर से उफन पड़ा, "यह नीच ब्राह्मण नहीं, शूद्र है। महामन्त्री राक्षस ! तुमने इस शूद्र को ब्राह्मणों की पंक्ति में निमन्त्रित कैसे कर दिया ?" और उसने अपने राजकुमारों की ओर मुड़कर कहा, "इसकी चोटी पकड़कर इसे सभाकक्ष से बाहर निकाल दो।"

नन्द के इस आदेश पर सब राजकुमार अपने आसनों से उठ खड़े हुए।

विष्णुगुप्त के नेत्र जैसे जल रहे थे। उसने उन राजकुमारों से कहा, "ठहरो, तुम लोगों को यह कष्ट करने की आवश्यकता नहीं है—मैं स्वयं यहाँ से जा रहा हूँ !" और वह मुख्य द्वार की ओर घूम गया। मुख्य द्वार पर पहुँचकर वह रुका, अपनी शिखा उसने स्वयं खोल ली और घोषणा की, "यह शिखा मैं स्वयं खोलता हूँ, और यह तब तक न बँधेगी जब तक भगवान् परशुराम और आचार्य द्रोण की परम्परा में मैं नन्दवंश का नाश करके उनकी परम्परा का निर्वाह न कर लूँगा।"

नन्द क्रोध में पागल होकर अपने आसन से उठ खड़ा हुआ, उसने कड़ककर अपने राजकुमारों से कहा, "राजकुमारों, तुम मौन होकर देख क्या रहे हो ? इसे पकड़कर इसी स्थान पर इसका वध कर दो।" और राजकुमार अपनी तलवारें निकालकर खड़े हो गए।

उसी समय राक्षस ने कठोर स्वर में कहा, "तुम लोग आगे न बढ़ना।" फिर उसने नन्द से कहा, "महाराज, ब्राह्मण अवध्य होता है, फिर आप इन्हें अभयदान भी दे चुके हैं। आप क्रोध में पागल हो रहे हैं, किन्तु यह नहीं हो सकता।"

उसी समय सब ब्राह्मण खड़े हो गए, "हम यह न होने देंगे, इस अनाचार को सहन नहीं किया जा सकता।"

ब्राह्मणों की देखादेखी सामन्तगण भी अपने आसनों से उठ खड़े हुए, "राज्याधिकार की एक सीमा होती है, उस सीमा का अतिक्रमण हम किसी अवस्था में न होने देंगे।"

विवश भाव से राजकुमार रुक गए। राक्षस ने अब नन्द से कहा, "देख रहे हैं, महाराज ! आपकी प्रजा विद्रोह करने पर उतर आई है।"

थके हुए स्वर में नन्द बोला, "ठीक ही कहते हो, राक्षस ! प्रजा का बल ही राजा का बल होता है। राजकुमारों, उसे जाने दो और तुम लोग अपने आसन ग्रहण करो। इस अप्रिय प्रसंग को बन्द करके मैं आज अपनी सभा विसर्जित करता हूँ; एक सप्ताह बाद, आज के ही दिन फिर यह सत्र होगा।"

नन्द उठ खड़ा हुआ और राजभवन में चला गया। उसके जाते ही आचार्य धर्मरक्षित शीघ्रतापूर्वक मुख्य द्वार की ओर बढ़े जहाँ सब आचार्यगण और ब्राह्मण विष्णुगुप्त के पास खड़े थे। आचार्य धर्मरक्षित के साथ सब लोगों ने शान्तिपूर्वक अतिथिशाला की ओर प्रस्थान किया। उसी समय यह सब लोग नालन्दा विश्वविद्यालय की ओर चल पड़े।

पाटिलपुत्र के संघर्षमय वातावरण से दूर हटकर विष्णुगुप्त को नालन्दा में शान्ति मिली। वहाँ पहुँचकर उसने धर्मरक्षित से कहा, "कितनी शान्ति है यहाँ नालन्दा के इस प्रांगण में। पाटलिपुत्र में तो मेरा दम घुटने लगा था। मैंने मगध की राजधानी पाटलिपुत्र के वैभव और सम्पन्नता का कितना यश सुना था, लेकिन यहाँ आकर देखा कि यह नगर नरक बन चुका है।"

धर्मरक्षित ने एक ठंडी साँस भरकर कहा, "सोच रहा हूँ तुम्हें यहाँ आमन्त्रित करने में मुझसे भूल हो गई। तुम्हारा जो अपमान हुआ, उसका मुझे हार्दिक खेद है।"

विष्णुगुप्त ने कहा, "आप कहाँ-कहाँ और किस-किस बात पर

खेद प्रकट करेंगे ? मुझे तो आपकी और इस पवित्र विश्वविद्यालय की सुरक्षा की चिन्ता है।''

निश्चिन्त भाव से धर्मरक्षित ने उत्तर दिया, ''तुम इसकी चिन्ता न करो, आचार्य ! महामन्त्री राक्षस स्वयं धर्म के अवतार हैं। जब तक वह हैं तब तक ब्राह्मणों का अहित नहीं हो सकता।''

उस दिन विष्णुगुप्त ने विश्राम किया एकान्त में मनन और चिन्तन के रूप में और पिछले कई दिनों की थकान दूर हो गई। दूसरे दिन विष्णुगुप्त नालन्दा विश्वविद्यालय के विस्तृत प्रांगण का निरीक्षण करने निकले। 'आचार्य धर्मरक्षित, निरूपक एवं श्रवणक नाम के दो शिष्यों के सहित उनके साथ थे। कुछ दूर चलने के बाद आचार्य विष्णुगुप्त ठिठककर खड़े हो गए। उनकी दायीं ओर एक बड़ा मैदान था। उस मैदान के बीच एक ऊँचे वृक्ष के तने से करीब चार हाथ ऊपर मछली के आकार की कोई वस्तु बँधी थी। उस पेड़ के प्रायः सौ हाथ की दूरी पर से एक तेजस्वी युवक धनुष पर बाण चढ़ाकर लक्ष्य ले रहा था। उसने बाण छोड़ा और वह ठीक उस वस्तु के बीचोबीच धँस गया।'

विष्णुगुप्त कह उठे, ''आश्चर्य ! सौ हाथ से लिया गया इतना अचूक निशाना मैंने आज तक नहीं देखा था। बड़ा तेजस्वी युवक है। इसका परिचय जान सकता हूँ ?''

धर्मरक्षित ने उत्तर दिया, ''यह महापद्म नन्द का ज्येष्ठ-पुत्र चन्द्रगुप्त है, जिसे हम लोगों ने पाटलिपुत्र से यहाँ आते समय देखा था।''

''याद आ गया !'' विष्णुगुप्त मुस्कराए और चन्द्रगुप्त से बातें करने को आगे बढ़े। चन्द्रगुप्त अपने लक्ष्यवेध के अभ्यास में इतना व्यस्त था कि उसने इन लोगों को नहीं देखा। धर्मरक्षित ने कुछ ऊँचे स्वर में पुकारा, ''कुमार चन्द्रगुप्त !''

चन्द्रगुप्त ने अब इन लोगों को देखा, फिर वह बोला, ''अरे,

आचार्य ! आप इतनी जल्दी पाटलिपुत्र से लौट आएँगे, इसकी मैंने कल्पना ही नहीं की थी।" और उसने बढ़कर आचार्य धर्मरक्षित के चरण छुए।

धर्मरक्षित ने आशीर्वाद दिया, "तुम्हारा कल्याण हो।" फिर कुछ रुककर वह बोले, "तुम मेरी अनुमति के बिना तीन-चार दिन पहले पाटलिपुत्र गए थे—प्रातःकाल गंगा-स्नान करके लौटते हुए मैंने तुम्हें और तुम्हारे साथियों को देखा था। तुमने अपने भाइयों पर आक्रमण किया था।"

विनीत भाव से चन्द्रगुप्त ने उत्तर दिया, "अपराध क्षमा हो ! इस भयानक शीतलहरी से ग्रस्त जनता की आर्थिक सहायता करने मैं गया था और वहाँ मैंने देखा कि जनता का त्राण करने के स्थान पर मेरे भाई जनता को ही लूट रहे हैं। तो आचार्य, मुझसे न रहा गया ! कायर कहीं के, सब भाग खड़े हुए।"

विष्णुगुप्त ने मुस्कराते हुए कहा, "वीरता का प्रदर्शन समझ-बूझकर करना चाहिए, कुमार !"

कुछ विनोद के स्वर में चन्द्रगुप्त ने आचार्य धर्मरक्षित से कहा, "आचार्य, मुझे उपदेश देने के लिए आप इन महानुभाव को कहाँ से ले आए ?" फिर उसने ध्यानपूर्वक विष्णुगुप्त को देखा—"इनकी शक्ल से तो लगता है कि ये मगध के निवासी नहीं हैं। विचित्र वस्त्राभूषण !"

आचार्य धर्मरक्षित ने कहा, "इन्हें नमन करो। यह आचार्य विष्णुगुप्त हैं।"

वहीं दूर से खड़े-खड़े चन्द्रगुप्त ने विष्णुगुप्त के सामने हाथ जोड़े।

"मैं चन्द्रगुप्त आचार्य विष्णुगुप्त के आगे नमन करता हूँ। लेकिन शक्ल से तो आप ब्राह्मण दिखते नहीं। हाथ में भाला, शरीर पर विचित्र ढंग से लपेटा हुआ परिधान।"

विष्णुगुप्त स्वयं आगे बढ़कर चन्द्रगुप्त के पास पहुँचे—"ठीक कहते हो, मैं तक्षशिला का निवासी हूँ और वहीं के परिधान मेरे शरीर पर हैं। और ब्राह्मण होते हुए भी मैं युद्ध-विद्या का आचार्य हूँ।" फिर हँसकर उन्होंने चन्द्रगुप्त से पूछा, "मुझसे युद्ध-विद्या ग्रहण करोगे ?"

उत्तर में चन्द्रगुप्त ने फिर अपना बाण छोड़ा, जो लक्ष्य के ठीक बीचोबीच पड़ा, फिर विष्णुगुप्त की ओर मुड़कर पूछा, "देखा आपने मेरा लक्ष्य-वेध ?"

सहज भाव से आचार्य विष्णुगुप्त ने उत्तर दिया, "तुम्हारे लक्ष्यवेध पर मैं मुग्ध हूँ। लेकिन इससे भी बढ़कर चमत्कार मैं दिखला सकता हूँ।" यह कहकर उसने अपना परिधान समेटा और दस हाथ दौड़कर अपना भाला लक्ष्य कर फेंका। भाला लक्ष्य पर बिंधे तीर को चीरता हुआ लक्ष्य में घुस गया।

चन्द्रगुप्त को जैसे अपनी आँखों पर विश्वास नहीं हुआ। क्षण-भर के लिए उसने मुग्ध भाव से विष्णुगुप्त को देखा, और फिर बढ़कर उनके चरण पकड़ लिए, "मुझे मेरा गुरु मिल गया, भगवान् ने स्वयं आपको यहाँ भेज दिया। अब मैं आपका साथ नहीं छोड़ सकता।"

चन्द्रगुप्त को अपने चरणों से उठाते हुए विष्णुगुप्त ने उसके सिर पर हाथ रखा, "मुझे भी एक योग्य और विश्वस्त शिष्य की खोज थी। लेकिन आचार्य धर्मरक्षित से तुम्हारा कार्यक्रम निर्धारित करना पड़ेगा।"

धर्मरक्षित ने उत्तर दिया, "कुमार की वास्तविक अभिभाविका उनकी माता रानी मुरा हैं, बिना उनकी अनुमति के कोई कार्यक्रम निर्धारित नहीं हो सकता।"

तीसरा परिच्छेद

कार्य और कारण के नियमों से असम्बद्ध दिखनेवाली घटनाओं को हम संयोग की संज्ञा दे सकते हैं, और देते भी हैं, लेकिन इस संयोग के पीछे कहीं कोई अनजाना-सा नियम काम कर रहा था। उस दिन नालन्दा के मुख्य प्रवेश-द्वार पर रानी मुरा का रथ रुका। प्रहरी से रानी मुरा ने कहा, "आचार्य धर्मरक्षित से कहो कि मैं तत्काल उनसे मिलना चाहती हूँ।" और रथ से उतरकर वह स्वयं आचार्य धर्मरक्षित की ओर बढ़ीं।

रानी मुरा बड़ी उत्तेजित थीं। उन्होंने आते ही धर्मरक्षित को प्रणाम करते हुए कहा, "आचार्य, आप सब बड़े संकट में हैं। चन्द्र के छोटे भाइयों ने एक तरह से महाराज को बन्दी बना लिया है। वह चन्द्र के प्राण लेने पर तुल गए हैं और नालन्दा पर ससैन्य आक्रमण करने की योजना बना रहे हैं।"

आचार्य धर्मरक्षित की भृकुटियों पर बल पड़ गए, "और महामन्त्री राक्षस ?"

"वह कुमारों का विरोध कर रहे हैं, लेकिन उनका विरोध कब

तक चलेगा ? सेनापति कुमारों का पक्ष ले रहे हैं। उन लोगों ने राजपुरोहित एवं पाटलिपुत्र के पंडितों की सभा बुलाई है, अपनी व्यवस्था देने के लिए।"

विष्णुगुप्त ने मानो अपने से ही कहा, "और व्यवस्था मिल जाएगी। स्वर्ण के बल पर सबकुछ किया जा सकता है।"

नितान्त अपरिचित था वह व्यक्ति जिसने यह बात कही थी, रानी मुरा ने आचार्य धर्मरक्षित से पूछा, "आपका परिचय ?"

"यह तक्षशिला के आचार्य विष्णुगुप्त हैं।" धर्मरक्षित ने उत्तर दिया।

मुरा चौंक उठीं—"आपने ही भरी सभा में मगध-नरेश का अपमान किया था, और आप अब भी मगध में हैं ?"

कटु स्वर में विष्णुगुप्त ने उत्तर दिया, "अपमान मेरा हुआ था। मैं परसों यहाँ से तक्षशिला जा रहा हूँ। मुझे अपने अपमान का प्रतिशोध लेना है।"

"एक साधनहीन ब्राह्मण चक्रवर्ती सम्राट से बदला चुकाएगा ?" मुरा के स्वर में आश्चर्य का भाव था।

विष्णुगुप्त ने उत्तर दिया, "साधन तो मुझे प्राप्त हो रहा है, यदि महारानी की अनुमति मिल जाए।"

"मैं समझी नहीं, आप अपनी बात स्पष्ट करें।"

विष्णुगुप्त ने उत्तर दिया, "मैं कुमार चन्द्रगुप्त के साहस और उसके युद्ध-कौशल पर मुग्ध हूँ, मैं कुमार चन्द्रगुप्त को मगध का अधिपति बनाना चाहता हूँ।"

रानी मुरा ने जैसे स्वयं अपने से प्रश्न किया, 'क्या यह सम्भव है ? क्या यह सम्भव है ?'

एक आस्थावान व्यक्ति के स्वर में विष्णुगुप्त ने कहा, "दैव-कृपा से विश्व में असम्भव कुछ भी नहीं है। मेरे साथ चन्द्रगुप्त को भेजकर आप निश्चिन्त हो जाइए, अब आपका पुत्र मगध राज्य

के सम्राट के रूप में आपके पास लौटेगा।"

रानी मुरा ने अब आकाश की ओर अपने हाथ जोड़ दिए, "हे भगवान्, तुम्हारा क्या विधान है यह तुम्हीं जानो।" फिर उन्होंने विष्णुगुप्त से कहा, "आचार्य, चन्द्रगुप्त बड़ा उद्धत है, इसलिए अभी वह मगध की सीमाओं के परे ही निरापद रह सकेगा। मैं इसे आपके हाथों सौंप रही हूँ। लेकिन अब विलम्ब नहीं होना चाहिए। मुझे दिखता है दो-तीन दिन के अन्दर, कल या परसों ही मगध के अन्य राजकुमार चन्द्र को ढूँढ़ते हुए नालन्दा विश्वविद्यालय की मर्यादा भंग करेंगे, और यहाँ आक्रमण करेंगे। इसीलिए मुझे यहाँ आना पड़ा है।"

विष्णुगुप्त ने उत्तर दिया, "महारानी, आज सूर्यास्त के पहले ही मैं कुमार चन्द्रगुप्त को साथ लेकर चल दूँगा। आप दिन-भर यहाँ विश्राम कीजिए, हम लोगों के यहाँ से प्रस्थान के बाद ही आप राजभवन जाइएगा।"

रानी मुरा ने कुछ हिचकते हुए कहा, "आचार्य, मुझे समाचार मिला है कि मगध-नरेश ने अपने सैनिकों को यह आदेश दिया है कि वे पाटलिपुत्र से वाराणसी जानेवाले प्रत्येक पोत की निगरानी रखें, जहाँ भी आचार्य विष्णुगुप्त मिलें, उनका वध कर दिया जाए।"

विष्णुगुप्त ने हँसकर कहा, "नन्द विष्णुगुप्त की बुद्धि और क्षमता को जानता ही नहीं है। आप निश्चिन्त रहें, हम लोग सन्ध्या के घिरते हुए अन्धकार में स्थल-मार्ग से प्रस्थान करेंगे।"

बात रानी मुरा ने ठीक ही कही थी। नन्द ने अपने सेनानायकों को आदेश दे दिए थे कि गंगा-तट पर यत्र-तत्र सैनिक व्यवस्था कर दी जाए। विष्णुगुप्त स्थल मार्ग से लौट सकता है, इसकी उसने कल्पना ही नहीं की थी।

रानी मुरा दिन-भर धर्मरक्षित के आदेशानुसार नालन्दा के प्रांगण में ही रहीं। सूर्यास्त के समय विष्णुगुप्त और चन्द्रगुप्त दो द्रुतगामी अश्वों पर सवार हुए। इन अश्वों की व्यवस्था रानी मुरा ने

स्वयं कर दी थी। धर्मरक्षित और मुरा ने इन दोनों को विदा किया। धर्मरक्षित ने आचार्य विष्णुगुप्त से कहा, "आचार्य विष्णुगुप्त, एक सप्ताह पहले आप एकाकी पाटलिपुत्र आए थे और आपके आने से मुझे कितना हर्ष और सन्तोष हुआ था, न जाने कितनी आशाएँ जागी थीं मेरे अन्दर ! लेकिन समय का चक्र कितनी द्रुत गति से चल रहा है ! इस एक सप्ताह में ही क्या से क्या हो गया ! और भविष्य में क्या होनेवाला है, इसकी कल्पना करते ही रोंगटे खड़े हो जाते हैं। और एक सप्ताह बाद आप जा रहे हैं।"

विष्णुगुप्त ने उत्तर दिया, "हाँ, एक सप्ताह बाद मैं जा रहा हूँ, पर मैं अकेला नहीं जा रहा हूँ, मेरे साथ चन्द्रगुप्त है, मेरे साथ संघर्ष का एक लम्बा कार्यक्रम है।" और फिर उन्होंने कहा, "महारानी, अपने पुत्र और मगध के भावी सम्राट को अपना आशीर्वाद दीजिए।"

रानी मुरा ने चन्द्रगुप्त को अपनी गोद में भर लिया और कुछ देर तक वह इसी मुद्रा में खड़ी रही। फिर अपने पुत्र को मुक्त करते हुए उसने कहा, "माता के हृदय की दुर्बलता पुत्र के मार्ग में बाधा नहीं बनेगी। जाओ चन्द्र ! मैं तुम्हारी प्रतीक्षा करूँगी—मेरे मन में दृढ़ विश्वास है कि मैं अपने पुत्र को मगध के राजसिंहासन पर आसीन देखूँगी।"

आचार्य धर्मरक्षित ने आचार्य विष्णुगुप्त को सावधान किया, "मार्ग में सावधानी बरतियेगा। जल और स्थल, दोनों ही मार्गों पर मगध के सैनिक नियुक्त हैं।"

विष्णुगुप्त ने उत्तर दिया, "जानता हूँ। और फिर चन्द्रगुप्त—चन्द्रगुप्त की सुरक्षा का पूरा उत्तरदायित्व मुझ पर है। मैं राजमार्ग से जाऊँगा ही नहीं। अपनी तलवारों से खेलने का अवसर यही है, आप लोग निश्चिन्त रहें।"

चन्द्रगुप्त ने झुककर मुरा के चरण छूए, फिर आचार्य धर्मरक्षित

के चरण छूकर अश्व पर बैठ गया।

थोड़ी देर तक एक विचित्र मौन छाया रहा, फिर विष्णुगुप्त ने अश्व पर बैठकर मुरा से कहा, "महारानी, तुम्हारा कल्याण हो !" और उसने घोड़े को एड़ लगा दी।

रानी मुरा तब तक चुपचाप खड़ी रही जब तक घोड़ों की टापें सुनाई देती रहीं, फिर वह राजभवन की ओर लौट पड़ी।

पाटलिपुत्र से दक्षिण की ओर नीची और अगम्य भूमि गड्ढों, नालों और छोटी-छोटी नदियों से भरी हुई, चारों ओर खेत-ही-खेत, दूर-दूर तक बस्तियों और गाँवों का नाम नहीं। सब ओर पगडण्डियाँ, कहीं-कहीं बाँसों और घास-फूस से बनी इक्की-दुक्की झोंपड़ी, जो थोड़ी-सी वर्षा होते ही उजड़ जाती थी और उसमें रहनेवाले पेड़ों पर शरण लेते थे।

मौसम ठंडा और सूखा था, खेत लहलहा रहे थे, लोग प्रसन्नता में मत्त होकर मंगलगान गा रहे थे। लेकिन प्रकृति की यह छवि निरखकर प्रफुल्लित होने का समय नहीं था उनके पास, विष्णुगुप्त और चन्द्रगुप्त तेजी से गया की ओर बढ़ रहे थे।

महामन्त्री राक्षस के आदेश की उपेक्षा करके महापद्म नन्द के कुमारों ने जब नालन्दा विश्वविद्यालय पर छापा मारा, तो उन्हें वहाँ न विष्णुगुप्त ही मिले और न चन्द्रगुप्त; केवल यह समाचार मिला कि वे लोग पाटलिपुत्र, और सम्भवतः मगध, के बाहर चले गए हैं। इस समाचार से वे स्तब्ध रह गए।

वाराणसी में नियुक्त नन्द के गुप्तचरों ने नन्द को समाचार दिया कि चन्द्रगुप्त को साथ लेकर विष्णुगुप्त प्रयाग की ओर प्रस्थान कर चुका है।

जो होना था वह हो चुका—मगध का शक्तिशाली साम्राज्य नन्द के अधीन था। भोजपुर प्रदेश, कान्यकुब्ज प्रदेश तथा पश्चिम के अन्य छोटे-छोटे जनपदों के सत्ताचारी, नरेशों की पदवी धारण

किए हुए नन्द के सामन्तगण, विष्णुगुप्त एवं चन्द्रगुप्त के मार्ग में बाधा भले ही न बन सके, लेकिन मगध-साम्राज्य से विद्रोह करने की या उससे अलग होने की क्षमता उनमें न थी।

स्थान-स्थान पर विश्राम करते हुए एक पक्ष में यह दोनों सन्ध्या समय तक्षशिला पहुँचे। बसन्त ऋतु का प्रादुर्भाव हो रहा था, इनके दायीं ओर हिमालय पर्वत की शृंखला दूर तक फैली हुई थी और बरफ का गलना आरम्भ हो चुका था। यह लोग हिन्दूकुश पर्वतमालाओं के ठीक बीचोबीच थे। इन्हीं पर्वतमालाओं के लम्बे-चौड़े पठार पर तक्षशिला विश्वविद्यालय स्थित था।

उस पठार पर चढ़ते समय इन दोनों के अश्वों की गति मन्द थी। चन्द्रगुप्त थकावट से चूर था, और उसे तभी स्वतःकथन के रूप में विष्णुगुप्त का स्वर सुनायी दिया, "मैं पाटलिपुत्र मान्यता प्राप्त करने गया था, और वहाँ मिला मुझे अपमान और लाँछन। लेकिन मेरे पास था ही क्या ? बौद्धिक रूप से पिरोए हुए युद्ध-विद्या के कुछ सिद्धान्त ! मेरा समस्त ज्ञान अपूर्ण था। अपूर्ण ज्ञान का मोह और उससे उत्पन्न दम्भ ! यही तो मेरी समस्त जमापूँजी थी।"

विष्णुगुप्त के इस स्वतःभाषण को चन्द्रगुप्त बड़े ध्यान से सुन रहा था, लेकिन जैसे उसकी समझ में कुछ न आ रहा हो, उसने कौतूहल से पूछा, "आचार्य ! आप यह सब क्या कह रहे हैं ? मैं समझा नहीं।"

जैसे एक निद्रा से चौंक उठा हो विष्णुगुप्त। उसने तनिक संयत होकर कहा, "मैंने अपनी बात तुमसे नहीं कही थी। लेकिन—लेकिन यह मोह, यह दम्भ, यह मानापमान ! यह सब तो एक छलावा है। जीवन एक अनन्त यात्रा है और यह सब इस यात्रा की बाधाएँ हैं, इनका परित्याग करना पड़ेगा। दूसरों पर विजय पाने के स्थान पर अपने ऊपर विजय पाना आवश्यक है।"

चन्द्रगुप्त से न रहा गया, उसने फिर पूछा, "आचार्य ! आप

यह सब क्या कह रहे हैं ?"

इस बार मानो विष्णुगुप्त की यह निद्रा की-सी दिखनेवाली अवस्था एकदम लोप हो गई, "तुम ! याद आ गया, मगध-नरेश के वास्तविक उत्तराधिकारी ! तुम्हें मगध का सम्राट बनाने का मैंने संकल्प लिया है। देख रहे हो दूर पर वह बस्ती ? वही तक्षशिला है ! और वह ऊँचा प्रासाद ? वही तक्षशिला का विश्वविद्यालय है, जहाँ समस्त भारत के राजकुमार मुझसे युद्ध-विद्या प्राप्त करते हैं। सूर्यास्त होनेवाला है, इस अरुणिमा के ढलने के पहले हमें वहाँ पहुँच जाना है।"

चौथा परिच्छेद

एक लम्बा-चौड़ा पठार, उस पर एक छोटी-सी बस्ती। उस बस्ती के निवासी अधिकांश विशिष्ट वर्ग के नवयुवक, जिन्हें राजकुमारों की संज्ञा दी जाती थी–यह था तक्षशिला का विश्वविद्यालय। इस विश्वविद्यालय के इर्द-गिर्द अनेक छोटे-छोटे घर, जिनमें तक्षशिला की जनता का निवास था।

जिस समय विष्णुगुप्त चन्द्रगुप्त को साथ लिए हुए अपनी कुटी के सामने पहुँचा, एक युवती हाथ में दीपक लिए बाहर निकल रही थी–"अरे आप, मातुल ! आप तो एक वर्ष बाद लौटने को कह गए थे, इतनी जल्दी कैसे लौट आए ?"

अश्व से उतरते हुए विष्णुगुप्त ने कहा, "लौट नहीं आया, मुझे लौटना पड़ा है बेटी !"

इस बीच दो भृत्य दौड़ते हुए आए। चन्द्रगुप्त भी घोड़े से उतर पड़ा था। इनके घोड़ों को साथ लेकर दोनों भृत्य चले गए। विष्णुगुप्त ने अब उस युवती से कहा, "मेरे साथ यह मगध-साम्राज्य के उत्तराधिकारी कुमार चन्द्रगुप्त हैं। मेरी कुटी के पास जो विशेष

अतिथियों की कुटी है, उसमें इनके निवास की व्यवस्था कर दो, तब तक मैं उपकुलपति से मिलकर आता हूँ।"

विष्णुगुप्त के जाने के बाद चन्द्रगुप्त ने उस युवती को दीपक के प्रकाश में ध्यान से देखा। उसके मुख पर निष्ठा और ब्रह्मचर्य का तेज था। चन्द्रगुप्त को लगा जैसे उस तेज के आगे उसकी आँखें झपी जा रही हैं। एक अजीब तरह का आकर्षण था उस युवती के मुख के तेज में। चन्द्रगुप्त को इस प्रकार अपनी ओर निरखते पाकर वह मुस्कराई, "मैं आचार्य की भांजी चन्द्रिका हूँ।"

उसकी मधुर मुस्कान से जैसे चन्द्रगुप्त की चेतना लौट आयी और उसके अन्दरवाला सहज विनोद जाग उठा, "आप चन्द्रिका और मैं चन्द्रगुप्त–विचित्र योग है !"

निर्लिप्त भाव से चन्द्रिका बोली, "योग सदैव विचित्र होते हैं। आप अपनी कुटी में चलिए, सान्ध्य-प्रार्थना का समय हो गया है।"

कुटी में पहुँचकर चन्द्रगुप्त ने स्नान किया और यात्रावाले वस्त्र बदले।

उधर विष्णुगुप्त ने उपकुलपति आचार्य शैवाल की कुटी में पहुँचकर उन्हें प्रणाम किया। फिर पाटलिपुत्र में जो कुछ घटित हुआ था, विस्तार के साथ वह सब बतलाया।

सबकुछ सुनकर शैवाल ने कहा, "जो कुछ हुआ, वही अपेक्षित था।"

विष्णुगुप्त बोले, "लेकिन मेरे अहं पर भयानक प्रहार हुआ है।"

"नहीं आचार्य विष्णुगुप्त, प्रहार तुम्हारे अहं पर नहीं हुआ है, प्रहार तुम्हारे दम्भ पर हुआ है। मैं यह स्वीकार करता हूँ कि दम्भ अहं का अनिवार्य भाग है, इसलिए तुम्हें अपने अहं का परित्याग करना इष्ट होगा।"

शैवाल के इस कथन पर विष्णुगुप्त मौन रहा।

शैवाल ने अपनी बात आगे बढ़ायी, "नियन्ता ने तुम्हें अपूर्व प्रतिभा से युक्त किया है। तो इस मानापमान से ऊपर उठकर तुम अपनी प्रतिभा का विकास करो।"

"मानापमान से ऊपर उठ सकना सम्भव नहीं है, आचार्य ! आप देख रहे हैं मेरी यह खुली हुई शिखा ! यह उसी दिन बँधेगी जिस दिन मैं नन्दवंश का विनाश कर लूँगा।" फिर उसने शैवाल के चरण छुए, "लेकिन जीवन एक लम्बी यात्रा है, मैं आपके आदेशों का पालन करूँगा, मैं आपको वचन देता हूँ।"

शैवाल ने कुछ देर तक सोचकर कहा, "विष्णुगुप्त, मैं तुम्हें सूचित कर दूँ कि ग्रीस का सम्राट सिकन्दर मध्य एशिया के देशों को रौंदता हुआ फारस की ओर बढ़ रहा है। सुख और शान्ति की व्यवस्था के कारण फारस की संघर्ष-शक्ति जाती रही है और फारस पर सिकन्दर की विजय निश्चित है। फारस के बाद अनेक छोटे-छोटे जनपद और नरेश, और इसके बाद वह मगध की ओर बढ़ेगा। तो तुम फारस जाकर निर्लिप्त भाव से उसकी गतिविधियों का अध्ययन करो, और अपने ज्ञान को प्रशस्त करो !"

"आपका आदेश शिरोधार्य है।" वापस लौटने के लिए घूमते हुए विष्णुगुप्त ने कहा।

"नहीं, अभी ठहरो ! अपने अहं के परित्याग का क्रम तुम्हें आज और अभी अपनाना होगा, जिससे तुम्हारा भविष्य निर्बाध बने। आज से तुम्हारा नाम विष्णुगुप्त सदा के लिए छूट जाए, तुम केवल चणक-पुत्र चाणक्य के नाम से जाने जाओगे। यह भी मेरा आदेश है तुम्हें।"

विष्णुगुप्त ने विनय के साथ कहा, "आपके आदेश के आगे मैं नत हूँ। आज से मेरा नाम चणक-पुत्र चाणक्य हुआ। 'विष्णुगुप्त' नाम आपके दिए हुए प्रकाश में छाया की भाँति लोप हो गया।"

शैवाल की कुटी से चाणक्य वापस लौटा। उसने अपने पुराने

नाम के परित्याग की तथा नवीन नाम चाणक्य धारण करने की सूचना चन्द्रिका को दी।

थोड़ी देर में चन्द्रगुप्त स्नान करके चाणक्य की कुटी में आ गया। चाणक्य ने कहा, "कुमार चन्द्रगुप्त, यह सौभाग्य की बात है कि युद्ध-विद्या के साथ तुम्हें राजनीतिशास्त्र की शिक्षा देने का अवसर मुझे मिल रहा है। ग्रीस का सम्राट सिकन्दर फारस की ओर बढ़ रहा है, तो मेरे लिए, फारस जाकर वस्तु-स्थिति का अध्ययन करना आवश्यक है। इस फारस-यात्रा में मैं अकेला नहीं जाऊँगा, तुम्हें भी मेरे साथ चलना होगा।"

चन्द्रिका बोल उठी, "इस यात्रा में आप दोनों ही नहीं जाएँगे, मैं भी आपके साथ चलूँगी। मेरे कारण आपकी अनगिनती असुविधाएँ दूर हो जाएँगी।"

चाणक्य हँस पड़ा, "नारी सदा से ही पुरुष की सम्बल रही है। निर्लिप्त भाव से परित्याग नारी का गुण है। अच्छी बात है बेटी चन्द्रिका, तुम भी हमारे साथ चलोगी। एक पक्ष का समय है हम लोगों के पास, तैयारी कर लो।"

चन्द्रगुप्त को अनुभव हो रहा था कि चन्द्रिका में एक अजीब तरह का ऊबड़-खाबड़ सौन्दर्य है। हर तरफ एक तरह का कठोर नियन्त्रण, लेकिन जैसे सबकुछ अहंविहीन, समर्पण के भाव से युक्त। चन्द्रगुप्त ने यह भी अनुभव किया कि उसके स्वरों में कहीं संगीत की मिठास है।

अनजाने ढंग से चन्द्रगुप्त चन्द्रिका के निकट आना चाहता था लेकिन आ नहीं पा रहा था। वैसे प्रथम प्रेम के वर्णनों से साहित्य भरा पड़ा है, लेकिन चन्द्रगुप्त ने न प्रथम प्रेम का पागलपन अनुभव किया, न उस प्रेम की असफलता की निराशा उसने अनुभव की।

एक पखवारे के बाद चाणक्य, चन्द्रगुप्त और चन्द्रिका फारस की ओर चल दिए। जिस समय यह लोग फारस की राजधानी तेहरान

में पहुँचे, सिकन्दर ने नगर पर अधिकार कर लिया था। सिकन्दर के सैनिकों ने अपना आतंक जमाने के लिए तेहरान में आग लगा दी थी और समूचा तेहरान जल रहा था।

सिकन्दर ने फारस के राजभवन पर अधिकार कर लिया था और वह वहाँ ठहर भी गया था। दारा के परिवारवाले बन्दियों के रूप में पड़े थे। सिकन्दर को अपनी छिन्न-भिन्न सेना को सुसंगठित करने के लिए तथा नए सैनिक भरती करने के लिए तेहरान में एक लम्बे काल तक रुकना पड़ा था, और धीरे-धीरे तेहरान का जन-जीवन सुव्यवस्थित होने लगा था।

चाणक्य एक पहुँचे हुए महात्मा के वेश में था। चन्द्रगुप्त और चन्द्रिका उसके शिष्यों के रूप में थे। हिन्दुस्तान से आए हुए महात्मा की खबर सिकन्दर को भी मिली। तेहरान नगर के बाहरी भाग में, वृक्षों के एक झुरमुट में, चाणक्य ने अपना आसन जमाया था। सिकन्दर ने अपने एक विशेष दूत को चाणक्य को राजभवन में आमन्त्रित करने भेजा। अपनी पहुँची हुई बुद्धि का चाणक्य ने सहारा लिया, उसने दूत से कहा, ''साधु-सन्त दुनिया की झंझटों से मुक्त होते हैं। हम लोग तो रमते योगी हैं, आज यहाँ, कल वहाँ। सम्राट सिकन्दर को यदि मुझसे मिलना हो तो वह यहीं आवें।''

चाणक्य के इस उत्तर से सिकन्दर प्रभावित हुआ। उसने भारतीय साधुसन्तों के सम्बन्ध में बहुत कुछ सुन रखा था। सिल्यूकस और फ़िलिप्स के साथ वह चाणक्य की कुटी में पहुँचा। कितनी स्वच्छ और निर्मल थी वह कुटी, चन्द्रिका ने अत्यन्त प्रभावी ढंग से उस कुटी की व्यवस्था की थी।

सिकन्दर ने फारस पर विजय प्राप्त की थी। विश्व-विजय के क्रम में वहाँ बसने तथा वहाँ शासन करने की लिप्सा उसमें न थी। चाणक्य ने कुटी के द्वार पर आकर सिकन्दर का स्वागत किया, फिर उसे आसन देते हुए पूछा, ''सम्राट ने मेरे यहाँ आने का कष्ट उठाया,

कारण जान सकता हूँ ?"

"मैं आपसे ज्ञान प्राप्त करने आया हूँ। मेरे सामने कुछ प्रश्न हैं। पहला प्रश्न है—मनुष्य का आदि कहाँ है और अन्त कहाँ है ?"

"मनुष्य का आदि ब्रह्म में है और उसका अन्त भी ब्रह्म में है। ब्रह्म स्वयं अनादि और अनन्त है तो मनुष्य भी अनादि और अनन्त है।"

"तो क्या मनुष्य के वर्तमान जीवन से परे उसका और भी कोई जीवन है ?" सिकन्दर ने पूछा।

"मैं नहीं जानता। शरीर की सीमाओं से बँधा हुआ आदि-अन्त के बीच मैं जान भी नहीं सकता। लेकिन बुद्धि असीमित है, इस बुद्धि और ज्ञान के बल पर केवल अनुमान लगाया जा सकता है कि वर्तमान जीवन के परे उसका कोई दूसरा अस्तित्व होना चाहिए।"

"तो आपका क्या अनुमान है ?"

"अनुमान लगा सकना मेरे सामर्थ्य में नहीं है। अनुमान केवल स्थूल दिखनेवाली वस्तुओं के आधार पर लगाया जा सकता है।"

चाणक्य के ज्ञान से सिकन्दर बेहद प्रभावित हुआ। चाणक्य ने फिर कहा, "जीवन के क्रम को नियति की संज्ञा दी जा सकती है, जहाँ मनुष्य कर्ता न होकर साधन-मात्र है। कर्ता तो स्वयं नियति को कहा जा सकता है, और मैं कभी-कभी सोचने लगता हूँ कि क्या इस विधान का स्वयं नियन्ता को भी कोई पाता है ?"

सिकन्दर ने श्रद्धा से चाणक्य को नमन किया, "मैं भी यही सोचता था। आप निवासी तो भारत के हैं, लेकिन आप देश और व्यक्ति के मोह से परे हैं। गैं भारत के मगध-साम्राज्य पर विजय प्राप्त करने को उत्सुक हूँ, सुना है वह अत्यन्त शक्तिशाली साम्राज्य है।"

"है भी और नहीं भी है। मगध के अन्दर-ही-अन्दर एक व्यतिक्रम चल रहा है; अब तो मगध में रहने का भी जी नहीं होता है। वहाँ से ऊबकर मैं विश्व-भ्रमण पर निकल पड़ा हूँ। लेकिन एक

अतीव लम्बी यात्रा और वह भी पैदल। और जीवन सीमाओं के बन्धनों से जकड़ा हुआ। एक थकावट-सी अनुभव कर रहा हूँ।''

सिकन्दर ने विनय के साथ कहा, ''यदि आप हमारे साथ मेरी इस विजययात्रा के क्रम में चलने की कृपा करें तो मैं आपका बड़ा आभार मानूँगा।''

''मेरा आपके साथ जाना उचित न होगा। आपकी सहायता के लिए मैं अपने इन दोनों शिष्यों को आपके साथ भेजे देता हूँ। सारा मार्ग इनका जाना-पहचाना है। मैं आपके पीछे-पीछे अकेला ही आ रहा हूँ।''

चन्द्रिका अब चन्द्रावत हो गई।

चन्द्रगुप्त और चन्द्रिका को विदा करने के पहले चाणक्य ने चन्द्रगुप्त से एकान्त में कहा, ''कुमार चन्द्रगुप्त ! मैं तुम्हें सिकन्दर के साथ मगध का मार्ग-निर्देशन करने के लिए भेज रहा हूँ, मगध की जमी हुई शक्ति का सक्रिय विरोध करना अभी तुम्हारे लिए असम्भव होगा। इस काम को सिकन्दर पूरा कर देगा। सिकन्दर मगध में रुकेगा नहीं, उसे तो विश्वविजय करके ग्रीस लौटना है।''

''समझ गया आचार्य ! मैं अपने युद्ध-कौशल से सिकन्दर की जो सहायता कर सकता हूँ, करूँगा।''

चाणक्य मुस्कराया, ''यही मना करने के लिए मैंने तुम्हें बुलाया है। सिकन्दर पाटलिपुत्र पहुँच जाएगा, इस पर मुझे शंका है। मानवीय शक्ति और क्षमता की एक सीमा होती है। किसी व्यक्ति में असीम क्षमता हो भी सकती है, लेकिन सेना एक समूह है। तो यदि तुम अभी से युद्ध में उलझ गए तो सिवा असफलता के तुम्हारे सामने और कुछ नहीं है। तुम्हें जो कुछ करना है वह सिकन्दर के विजय-अभियान के निकट दर्शक के रूप में। तुम लोग चलो। मैं तुम्हारे पीछे-पीछे आ रहा हूँ।''

चन्द्रगुप्त और चन्द्रिका को सिकन्दर के साथ भेजकर चाणक्य

तेजी के साथ तक्षशिला की ओर चल पड़ा। वह आम्भी-नरेश को परामर्श देना चाहता था कि सागर की तरंग का सामना वह न करे। मार्ग में पुरु-देश पड़ता था। एक बार उसके मन में आया कि पुरु-नरेश को भी सावधान कर दे, लेकिन उसे पता था कि पुरु-नरेश अत्यन्त स्वाभिमानी और वीर योद्धा है, उस पर चाणक्य के परामर्श का कोई प्रभाव पड़ सकेगा, इसकी सम्भावना नहीं है। फिर सिकन्दर अत्यन्त द्रुतगति से आगे बढ़ता जा रहा था।

आम्भी-नरेश ने चाणक्य का परामर्श मानकर सिकन्दर को मार्ग दे दिया।

पाँचवाँ परिच्छेद

तेहरान से पूर्व दिशा की ओर प्रस्थान करने से पहले सिकन्दर ने दारा की पुत्री रुकसाना को फारस की राजगद्दी पर बिठा दिया। रुकसाना बाईस-तेईस वर्ष की युवती थी। अतीव सुन्दरी, और दारा को उस समय तक उसके लिए योग्य वर न मिला था, इसलिए वह अभी तक अविवाहित थी। दारा के कोई पुत्र न था, रुकसाना ही फारस की उत्तराधिकारिणी थी।

सिकन्दर ने अपने एक विश्वस्त सेनापति रेमन को तेहरान में रुकसाना की देखभाल करने तथा विभिन्न पेशेवर सैनिक कबीलों से अपनी सेना के लिए सैनिक भर्ती करने के उद्‌देश्य से तेहरान में छोड़ दिया था।

ईरान की गद्‌दी पर शासक के रूप में बैठाये जाने पर रुकसाना को महान् आश्चर्य हुआ। वह तो इसी प्राचीन परम्परा से परिचित थी कि एक बड़े साम्राज्य का विजेता वहाँ के राज्यासन पर स्वयं बैठ जाता है। सिकन्दर की इस उदारता से वह यहाँ तक प्रभावित हुई कि उसके हृदय में सिकन्दर के प्रति प्रेम-भावना उत्पन्न हो गई।

लेकिन सिकन्दर प्रेम के प्रति उदासीन था।

सिकन्दर के सेनापति सिल्यूकस की केवल एक पुत्री थी, जिसका नाम हेलन था। हेलन असीम सुन्दरी थी, लेकिन उसे जन्म से ही पुरुषात्मक प्रवृत्तियाँ मिली थीं। वह सिकन्दर के विजय-अभियान में अपने पिता के साथ हो ली थी। जिस समय सिल्यूकस सिकन्दर के साथ फारस पहुँचा, हेलन की आयु उन्नीस वर्ष पार कर चुकी थी। सिकन्दर के विश्वस्त सेनापतियों के दल में होने के कारण एक दिन चन्द्रिका की भेंट हेलन से हो गई। दोनों ने ही अपनी अन्तर्भावना के कारण जान लिया कि वे पुरुष वेश में स्त्रियाँ हैं। स्वाभाविक रूप से इन दोनों की मित्रता बढ़ गई।

हिन्दूकुश पर्वत के बीच एक रमणीक स्थान पर सिकन्दर का पड़ाव था। सन्ध्या का समय हो रहा था, और हेलन तथा चन्द्रिका आपस में बातें करती हुई पेड़ों के एक झुरमुट के निकट निकल आई थीं। वे यथेष्ट समय तक चल चुकी थीं और कुछ थकी हुई थीं, इसलिए बैठकर विश्राम करने लगीं। अनायास ही दो ग्रीक सैनिक उधर आ निकले जो मदिरा के नशे में धुत् थे। दोनों ही सैनिकों ने जान लिया यह लोग स्त्रियाँ हैं, और वे हेलन और चन्द्रिका पर झपट पड़े। यह दोनों इस दुर्घटना के लिए तैयार नहीं थीं, भय और आशंका से दोनों सिहर उठीं।

चन्द्रगुप्त चन्द्रिका की खोज में निकल पड़ा था। उसने दूर से हेलन और चन्द्रिका के चीखने-चिल्लाने की आवाज सुनी, तड़ित की गति के साथ वह वहाँ जा पहुँचा। उसने एक सैनिक को अपनी तलवार से मार गिराया और दूसरा सैनिक अपने प्राण बचाने के लिए भाग गया।

दोनों की जान में जान आई। चन्द्रगुप्त ने चन्द्रिका से कहा, "तुम्हें सदैव सतर्क रहना चाहिए। ये सैनिक हिंसक भेड़ियों के समान होते हैं, न जाने कब और कहाँ से यह आक्रमण कर दें।"

हेलन अपने त्राणदाता चन्द्रगुप्त को विस्फारित नयनों से देख रही थी। हेलन को इस तरह चन्द्रगुप्त को निरखते देखकर चन्द्रिका मुस्कराई। उसने हेलन से चन्द्रगुप्त का परिचय कराया, ''यह मगध-नरेश के उत्तराधिकारी कुमार चन्द्रगुप्त हैं, और यह ग्रीक सेनापति की पुत्री हेलन है।''

दोनों ने एक-दूसरे का अभिवादन किया। चन्द्रगुप्त को ऐसा लगा जैसे सुन्दरता की सजीव प्रतिमा उसके सामने खड़ी थी और हेलन को लगा कि साक्षात् पुरुषत्व उसके सामने आ गया है।

दोनों ही कुछ देर तक मुग्ध भाव से एक-दूसरे को देखते रहे, और तभी उन्हें चन्द्रिका की ऊबड़-खाबड़ हँसी सुनायी दी, ''मिल गई तुम दोनों की जोड़ी। तुम दोनों को चन्द्रिका का आशीर्वाद कि तुम्हारा विधिवत विवाह हो और दोनों का सम्बन्ध अमर रहे।''

हेलन और चन्द्रगुप्त दोनों के ही मुख लज्जा से लाल हो गए, और तभी चन्द्रगुप्त ने संयत होकर कहा, ''मैं कहने आया था कि तुम दोनों ही जाकर विश्राम करो, कल प्रातःकाल हम लोगों को पूर्व की ओर बढ़ना है।''

हेलन अपने पिता के शिविर की ओर चली गई, और चन्द्रिका चन्द्रगुप्त को साथ लेकर अपने शिविर की ओर चल पड़ी। अनायास दोनों ही चौंक पड़े, उनके सामने चाणक्य खड़े थे।

चाणक्य ने चन्द्रगुप्त से कहा, ''बहुत सोच-विचार के बाद मैं इस निष्कर्ष पर पहुँचा हूँ कि तुम दोनों तक्षशिला लौट जाओ, ग्रीक सेनाओं की आँधी के साथ तुम्हारा आगे बढ़ना निरापद नहीं है। अभी इधर आते हुए मैंने देखा कि इस सेना के साथ चलने में ऐसी अगणित परिस्थितियाँ आ सकती हैं जिनमें तुम्हारे अन्दरवाला पौरुष सक्रिय हो उठे, और मेरे नन्दवंश को निर्मूल करने के कार्यक्रम में तुम्हारा यह असमय शौर्य-प्रदर्शन बाधक सिद्ध होगा।''

यौवन की उमंग में भरे चन्द्रगुप्त की समझ में यह बात आयी

या नहीं आयी, ठीक-ठीक नहीं कहा जा सकता, लेकिन उसने आज्ञा के रूप में चाणक्य का आदेश मान लिया। वह चन्द्रिका के साथ तक्षशिला लौट गया।

चाणक्य वहाँ से अकेला ही आम्भी पहुँचा। सिकन्दर के द्रुतगति से आम्भी की ओर बढ़ने के समाचार आ रहे थे। और आम्भी में सिकन्दर से जमकर युद्ध करने की तैयारियाँ हो रही थीं। चाणक्य ने आम्भी-नरेश को सूचना भिजवायी–"आम्भी-नरेश से चणक-पुत्र चाणक्य मिलना चाहते हैं।"

उसने तत्काल चाणक्य को बुला लिया। विनय के साथ उसने चाणक्य से पूछा, "आचार्य ने यहाँ स्वयं आने का जो कष्ट उठाया है, उसका कारण जान सकता हूँ?"

चाणक्य ने कहा, "राजन्, आपने इधर विश्वविजयी सिकन्दर के समाचार तो सुने ही होंगे?"

"आप निश्चिन्त रहें, मैंने उससे युद्ध करने की पूरी तैयारी कर ली है।"

"मैं राजन् को परामर्श देने आया हूँ कि राजन् सिकन्दर से युद्ध करने का विचार त्याग दें।"

कुछ उत्तेजित होकर आम्भी-नरेश ने कहा, "आप मुझे क्षात्र-धर्म से विरत करने आए हैं?"

चाणक्य ने कहा, "शान्त हों राजन्! मैं आपको धर्म का रूप दिखाने आया हूँ। धर्म अन्धा नहीं होता, उसे स्थल-स्थल पर नीति का अवलम्ब लेना होगा। धर्म जब नीति का साथ छोड़ देता है तब वह स्वयं ही नष्ट हो जाता है।"

आम्भी ने आश्चर्य से चाणक्य को देखा और चाणक्य कहता गया, "अनादिकाल से अनगिनती धर्म बनते और नष्ट होते आए हैं, धर्म मनुष्य की ही भाँति जन्म-मरण की सीमा में बँधा होता है। अपने ही रक्त के तिलक को अपने मस्तक पर धारण करने की परम्परा

मनुष्य में सदैव रही है। तो मैं आपको परामर्श देने आया हूँ कि आप सिकन्दर से युद्ध न करें।"

"तो मैं क्या करूँ ? यह स्पष्ट करने की कृपा करें कि मेरे लिए नीति का रूप क्या होना चाहिए ?"

"भयानक वेग से आती हुई आँधी को झेलते हुए उसके विपरीत पथ पर चलने या वहीं खड़े रहने की भूल आप न करें। आप धरती पर लेट जाइए। आँधी आएगी और निकल जाएगी। आँधी का क्रम है चलते रहना, रुकना उसका विधान ही नहीं है। आप मेरी बात समझ गए होंगे।"

आम्भी-नरेश ने उठकर चाणक्य के चरण छुए—"आप महान ज्ञानी हैं, मैं आपका शिष्यत्व स्वीकार करता हूँ।"

चाणक्य ने आम्भी-नरेश को गले लगाया—"मैं न धर्म-प्रवर्तक हूँ, न योगी हूँ, मैं तो केवल नीतिशास्त्र का पंडित हूँ। मैं जा रहा हूँ, भगवान तुम्हारा कल्याण करें।"

इसके पहले कि चाणक्य वहाँ से चलें, आम्भी-नरेश ने चाणक्य से पूछा, "क्या आप पुरु-नरेश से भी मिलेंगे ? सिकन्दर का दूसरा पड़ाव पुरु-प्रदेश होगा।"

"नहीं, मैंने जो कुछ पुरु-नरेश के सम्बन्ध में सुना है उससे मैं इस निष्कर्ष पर पहुँचा हूँ कि पुरु-नरेश के पास एक शक्तिशाली सेना है और उसे अपनी सैनिक शक्ति पर स्वाभाविक रूप से गर्व है। वह स्वयं एक वीर और अभिमानी शासक है। फिर पुरु और मगध की सीमाएँ मिली हैं। मैं नहीं चाहता कि मगध-सम्राट से सिकन्दर का युद्ध हो, उस युद्ध से मगध सम्राट की जर्जर होती हुई शक्ति फिर लौट आएगी।" और चाणक्य ने बातचीत का अन्त करते हुए कहा, "अब मैं चलता हूँ, आप मेरी बात याद रखेंगे। तक्षशिला विश्वविद्यालय शान्तिपूर्वक चलता रहे, इसके लिए विशेष रूप से मैं आपके यहाँ आया था। यहाँ से अब मैं तक्षशिला जाऊँगा, वहाँ किसी

प्रकार की अव्यवस्था न हो, इसका उत्तरदायित्व मुझ पर है।"

आम्भी से चाणक्य सीधा तक्षशिला पहुँचा।

तक्षशिला में एक हलचल-सी मची हुई थी। वहाँ के जन भाग गए थे, केवल राजकुलों से आए हुए विधार्थी ही थे वहाँ, कुछ चिन्तित और अस्त-व्यस्त-से। चाणक्य के आते ही सब राजकुमार उन्हें घेरकर खड़े हो गए।

उपकुलपति शैवाल राजकुमारों को आम्भी जाने से रोक रहे थे जो सिकन्दर के साथ होनेवाले आम्भी के युद्ध में सम्मिलित होने को उत्सुक थे। चाणक्य ने उनसे कहा, "तुम लोग शान्तिपूर्वक यहाँ रहकर अध्ययन करो, आम्भी-नरेश सिकन्दर से युद्ध नहीं करेंगे। वह सिकन्दर को आगे बढ़ने का मार्ग दे देंगे।"

शैवाल ने आश्चर्य से चाणक्य को देखा, "यह परामर्श तुमने दिया है आम्भी-नरेश को ?"

शैवाल के आगे मस्तक नवाकर चाणक्य ने कहा, "हाँ आचार्य, क्या इसमें मुझसे कोई भूल हो गई है ?"

"भूल !" शैवाल ने चाणक्य के शब्द को दुहराया, "मैं कह नहीं सकता। तुम्हारा जो नीतिशास्त्र है, शायद वही भविष्य का सत्य है। लेकिन यह भविष्य अपने अंक में क्या-क्या छिपाए है, यह कोई नहीं जानता, यह सब तो स्वतः प्रकट होता जाएगा। तो उसकी चिन्ता करना व्यर्थ है। अभी तो हमें अपनी स्वाभाविक गति से चलते रहना इष्ट है। अब तुम्हारा क्या कार्यक्रम है ?"

"मेरा कार्यक्रम है प्रतीक्षा करने का।" चाणक्य ने उत्तर दिया, "मैं यहीं तक्षशिला में रहकर विद्यार्थियों को युद्धशास्त्र के साथ-साथ नीतिशास्त्र की शिक्षा दूँगा। दूसरों को नीतिशास्त्र की शिक्षा देने के क्रम में मैं अपने नीतिशास्त्र को सर्वांगीण बना सकूँगा।"

सिकन्दर की सेनाएँ आम्भी की सीमाएँ पार करके पुरु-प्रदेश की ओर बढ़ रही थीं। आम्भी-नरेश के दूत ने आकर चाणक्य को

सूचना दी कि सिकन्दर ने आम्भी-नरेश को अभय-दान दे दिया है, तक्षशिला विश्वविद्यालय पूर्ण रूप से निरापद है।

चाणक्य मुस्कराए, "तक्षशिला विश्वविद्यालय निरापद रहेगा—मैं कितना प्रसन्न हूँ ! इसी तक्षशिला में बैठकर मैं नन्दवंश को समूल नष्ट करूँगा। इसमें समय लगेगा, एक वर्ष, दो वर्ष, पाँच वर्ष, लेकिन मेरे गुरुतर कार्य को देखते हुए यह एक छोटी-सी अवधि है।" और उसने दूत से चन्द्रगुप्त को बुला भेजा।

चन्द्रगुप्त के आने पर उसने कहा, "तुम स्वतन्त्र रूप से अपने आस-पास के छोटे-छोटे राज्यों को अपने अधीन करके शक्ति-संचय करो, सिकन्दर की सेनाएँ इस लम्बे अभियान से बेतरह ऊब गई हैं, मेरा अनुमान है कि वे आगे बढ़ने के स्थान पर ग्रीस की ओर पीछे लौटेंगी, उसके सैनिकों का मनोबल इस थकान से टूट गया है। सिकन्दर स्वयं ग्रीस लौट सकेगा, इस पर मुझे शक है।"

चाणक्य का अनुमान सत्य निकला, इतिहास के पृष्ठ इसके साक्षी हैं। झेलम नदी के तट पर जब सिकन्दर की सेनाएँ पहुँचीं, महापद्म नन्द अपनी विशाल सेना लेकर झेलम के दूसरे तट की ओर बढ़ रहा था। सिकन्दर की सेना में सिकन्दर के प्रति विद्रोह फैल रहा था। टूटा हुआ और लक्ष्य-भ्रष्ट सिकन्दर वहाँ से वापस लौटा—जिस मार्ग से वह आया था उस मार्ग से नहीं, क्योंकि उस मार्ग पर उसके द्वारा विजित राज्य, वहाँ नियुक्त सेनापति अपनी स्वतन्त्र सत्ता स्थापित करके उसके विरुद्ध खड़े हो गए थे। वह झेलम के मार्ग से सिन्धु नदी होकर वापस लौटा।

नियति का क्रम विचित्र होता है—सिकन्दर के इस अभियान से चाणक्य ने यह अनुभव किया। चाणक्य के लिए यह अवसर अपार धैर्य और आत्म-समर्पण का था। उसने उस अदृश्य नियन्ता के आगे मस्तक नवाकर कहा, "प्रयत्न करना और परिश्रम करना मनुष्य के वश में है, परिणाम की अपेक्षा करना मनुष्य की सबसे बड़ी

निर्बलता है। अब मेरा लक्ष्य चन्द्रगुप्त की शक्ति को निरन्तर बढ़ाते रहना है। मैं रानी मुरा को वचन दे आया हूँ कि उसका पुत्र चन्द्रगुप्त मगध के सम्राट के रूप में ही पाटलिपुत्र लौटेगा, और मैंने अपनी शिखा खोली थी, यह कहकर कि जब तक मगध के राजवंश को मैं निर्मूल न कर लूँगा तब तक यह शिखा न बँधेगी। अब मुझे लगकर अपने संकल्पों को पूर्ण करने का क्रम अपनाना है।"

छठा परिच्छेद

गढ़वाल के दक्षिण में छम्ब नाम का एक छोटा-सा राज्य था। छम्ब की जनता सुखी और सम्पन्न थी, छम्ब के पास इतना सैन्यबल था कि आसपास का कोई भी राज्य उस पर आक्रमण करके उसे अपना भाग न बना सकता था। छम्ब के शासक रुद्रेश की मृत्यु हो गई और उसकी मृत्यु का समाचार पाकर एकाएक महापद्म नन्द में अपने साम्राज्य का और अधिक विस्तार करने की लिप्सा जाग उठी।

रुद्रेश के मन्त्री समरेश का छम्ब में सर्वव्यापी प्रभाव था। समरेश ने रुद्रेश की रानी से प्रस्ताव किया कि अपनी कन्या पुष्पावती का विवाह उसके साथ कर दे जिससे समरेश वास्तविक रूप से छम्ब का स्वामी बन जाए। राजकुल की, रुद्रेश की रानी को समरेश का यह प्रस्ताव रुचिकर नहीं लगा और उसने समरेश से इनकार कर दिया। इसका एक कारण और भी था। रुद्रेश की रानी किसी समय मगध की रानी मुरा की सहेली थी और उसने रानी मुरा से वचन ले लिया था कि चन्द्रगुप्त का विवाह पुष्पावति के साथ होगा। वह पुष्पावति का विवाह समरेश से न करने के खतरे को जानती थी,

उसने रानी मुरा के पास सन्देश भिजवाया कि अब इन परिस्थितियों में विवाह करने का अवसर आ गया है। रानी मुरा ने तत्काल ही तक्षशिला में अध्ययन करते हुए अपने पुत्र के पास सन्देश भिजवा दिया।

सन्देशवाहक चाणक्य के सम्मुख उपस्थित किया गया। उसने सब बातें अच्छी तरह समझकर और सोचकर चन्द्रगुप्त को बुलवाया। उसके आने पर चाणक्य ने कहा, "कुमार चन्द्रगुप्त, स्वतन्त्र रूप से अपना विजय-अभियान आरम्भ करने का समय आ गया है।"

"मैं समझा नहीं, आचार्य !" चकित मुद्रा में चन्द्रगुप्त ने कहा।

"तुम्हारी माता का संदेशवाहक आया है। उनका सन्देशा है कि छम्ब के राजा रुद्रेश का देहान्त हो गया है। उनकी एक ही कन्या है पुष्पावती। तो तत्काल छम्ब जाकर तुम उससे विवाह कर लो। तुम्हारी माता ने तुम्हारे बाल्यकाल में ही पुष्पावती की मँगनी तुमसे कर दी थी। छम्ब का मन्त्री समरेश जबर्दस्ती पुष्पावती से विवाह करना चाहता है। पर पुष्पावती तुम्हारी वाग्दत्ता पत्नी बन चुकी है।"

"लेकिन मैंने तो कभी पुष्पावती को देखा तक नहीं है !" चन्द्रगुप्त बोला।

चाणक्य बोले, "वह अतुल सुन्दरी है। कोमल और लजीली, व्यक्तित्वविहीन-सी। तुम्हें छम्ब जाकर उससे विवाह कर लेना है, छम्ब की रानी तुम्हारी प्रतीक्षा कर रही है। यही तुम्हारी माता का सन्देश है।"

"हूँ !" चन्द्रगुप्त ने कहा, "मुझे सेना की एक टुकड़ी बनानी पड़ेगी इस काम के लिए।"

"इसकी कोई आवश्यकता नहीं है। तुम्हारा एकाकी जाना ही इष्ट होगा। एक द्रुतगामी अश्व लेकर तुम यहाँ से आज ही छम्ब के लिए प्रस्थान कर दो। मार्ग में पड़नेवाले दस्यु और लुटेरे भागकर इधर-उधर छिप गए हैं, तुम्हें उनसे कोई बाधा नहीं मिलेगी।"

यह बातचीत प्रातःकाल के समय हुई थी। वहाँ से चलकर चन्द्रगुप्त ने चन्द्रिका से भेंट की और उसे अपने छम्ब जाने की सूचना दे दी, तक्षशिला की गतिविधियों का लेखा-जोखा उसके पास रहता था।

अश्व पर सवार उसे छम्ब जाने में पाँच दिन लग गए। छठे दिन उसने छम्ब नगर में प्रवेश किया।

हिमालय की पर्वतमालाओं की गोद में वह छोटा-सा नगर स्वर्ग के एक भाग के समान दिख रहा था। वहाँ के पुरुष खेती में लगे थे। वहाँ की स्त्रियाँ घरों का कामकाज सँभाल रही थीं और खाली समय में पुरुषों का हाथ बँटा रही थीं, लड़के विद्याध्ययन में व्यस्त थे और लड़कियाँ रंग-बिरंगे परिधान पहनकर नाच-गा रही थीं। रुद्रेश की रानी ने पुष्पावती को आत्मरक्षा के लिए धनुर्वेद की शिक्षा दिलवानी आरम्भ कर दी थी। जिस समय चन्द्रगुप्त छम्ब पहुँचा, सूर्य मध्याह्नकाल की ओर बढ़ रहा था। चन्द्रगुप्त ने देखा कि एक सुकोमल अनुभवहीन बालिका अकेले ही धनुष-बाण लेकर लक्ष्यवेध का अभ्यास कर रही है। तीर छिटककर कहीं किसी को न लग जाए, इस बात को ध्यान में रखकर आसपास का क्षेत्र खाली करा लिया गया था।

चन्द्रगुप्त को यह समस्त धनुर्विधा का अभ्यास बड़ा हास्यास्पद लगा। उसने विनोदपूर्ण स्वर में इस अभ्यास पर टीका की। इस हँसी से पुष्पावती के स्वाभिमान को धक्का लगा। उसने चन्द्रगुप्त के पास आकर क्रोध में पूछा, ''मेरी हँसी उड़ाकर मेरा अपमान करनेवाले तुम कौन हो ?''

''यह जानकर क्या कीजिएगा ? वैसे मैं बता दूँ कि मैं छम्ब की महारानी का अतिथि हूँ और मेरा नाम चन्द्रगुप्त है। मार्ग की थकावट दूर करने के लिए मैं यहाँ थोड़ी देर के लिए रुक गया था।''

पुष्पावती का मुख लज्जा से लाल हो गया। उसने अपनी माता

से सुन रखा था कि वह चन्द्रगुप्त की वाग्दत्ता है, और वह वहाँ से भाग गई।

असीम सुन्दरी थी वह लड़की। पास खड़ी हुई लड़कियों के झुंड में एक से उसने पूछा, "यह लड़की कौन है, बताने का कष्ट करेंगी ?"

"अरे, आप नहीं जानते ? विदेशी दिखते हैं आप। यह छम्ब-नरेश की पुत्री कुमारी पुष्पावती है।"

"हूँ !" मन-ही-मन चन्द्रगुप्त ने कहा, "मेरी माता ने अपूर्व सुन्दरी चुनी है मेरे विवाह के लिए, मैं धन्य हूँ।" और चन्द्रगुप्त छम्ब-नरेश के राजभवन की ओर चल पड़ा।

राजभवन समरेश के अनुचरों के घेरे में था। एक अनुचर ने चन्द्रगुप्त के आने की सूचना समरेश को दी। समरेश ने राजभवन के मुख्य द्वार पर आकर अपने अनुचरों को ललकारा, "इसको बन्दी बना लो।"

चन्द्रगुप्त ने अपने ऊपर आक्रमण करनेवाले दो सैनिकों को मार गिराया और तड़ित की गति से वह समरेश पर झपटा।

समरेश ने भी अपनी तलवार खींच ली। लेकिन उसमें न चन्द्रगुप्त की-सी स्फूर्ति थी, न चन्द्रगुप्त का-सा कौशल था। चन्द्रगुप्त ने कुछ ही क्षणों में उसे मौत के घाट उतार दिया।

चन्द्रगुप्त के छम्ब आने का समाचार पुष्पावती द्वारा रुद्रेश की पत्नी के पास पहुँच चुका था। वह आरती का थाल सजाकर मुख्य द्वार पर आई। उसने चन्द्रगुप्त की आरती उतारी और उसे साथ लेकर राजभवन में पहुँची।

राजपुरोहित को बुलाकर पुष्पावती के विवाह का मुहूर्त निकलवाया। उस मुहूर्त में उसने पुष्पावती को चन्द्रगुप्त के हाथों सौंप दिया। यही नहीं, एक सप्ताह के अन्दर उसने चन्द्रगुप्त का राजतिलक भी कर दिया। इस तरह वह छम्ब-नरेश घोषित हो गया।

छम्ब के राज्याधिकारी और छम्ब के सैनिक चन्द्रगुप्त से बेतरह प्रभावित थे। उन्होंने अपने नए नरेश की जयजयकार की।

रानी मुरा ने जो सन्देश चन्द्रगुप्त के पास भेजा था उसका एक और भी कारण था।

जिस प्रकार बुझने के पहले दीपक की लौ जाज्वल्यमान हो जाती है उसी प्रकार नन्द में दो प्रवृत्तियाँ अनायास ही मुखर हो उठीं। अपने साम्राज्य के और अधिक विस्तार की इच्छा उसमें अति बलवती हो उठी। एक विशाल सेना के साथ वह स्वयं ही छम्ब की ओर चल पड़ा।

इतनी लम्बी यात्रा में अपनी वृद्धावस्था में निकल पड़ने में उसका एक और उद्देश्य था। उसने छम्ब की राजकुमारी पुष्पावती के अतुल सौन्दर्य की जो ख्याति सुनी थी, उससे वह पुष्पावती से स्वयं विवाह करने को उत्सुक हो उठा था।

मगध-सम्राट के ससैन्य छम्ब की ओर बढ़ने के समाचार छम्ब नगर में पहुँच रहे थे। रुद्रेश की विधवा रानी ने चन्द्रगुप्त को बुलाकर कहा, "विपत्ति इस ओर बढ़ती आ रही है; उसका समाधान करना होगा।"

अपार बल, साहस और शौर्य के होते हुए भी चन्द्रगुप्त चिन्तित हो उठा। उसे समाचार मिला कि उसके पिता में नीचता की प्रवृत्ति बढ़ रही है।

चिन्तित भाव से उसने रुद्रेश की पत्नी से पूछा, "मेरे लिए अब क्या करना उचित होगा, मेरी समझ में नहीं आता। सैन्यबल को देखते हुए मेरी पराजय निश्चित है।"

रुद्रेश की रानी ने कुछ सोचकर कहा, "मेरी सलाह मानो तो तुम पुष्पावती को अपने साथ लेकर तक्षशिला चले जाओ। नन्द में न तक्षशिला की ओर बढ़ने की क्षमता है, न उसमें इतना साहस है।

"छम्ब पर अधिकार जमाकर वह पाटलिपुत्र लौट जाएगा।

उसके जाने के बाद तुम यहाँ नियुक्त उसकी सेना को नष्ट करके छम्ब पर फिर अधिकार कर सकते हो। छम्ब का जन राजभक्त है और वीर है।"

चन्द्रगुप्त को लगा कि रुद्रेश की रानी ने जो कुछ कहा उसमें सार है। उसे उस समय चाणक्य की याद आ गई और दूसरे ही दिन वह पुष्पावती को साथ लेकर तक्षशिला की ओर चल पड़ा।

जैसा अपेक्षित था, नन्द अपनी सेनाओं के साथ छम्ब पहुँचा। वहाँ उसे चन्द्रगुप्त के छम्ब आने का समाचार प्राप्त हुआ। उसके बाद वहाँ जो कुछ हुआ था, वह सब विस्तार के साथ उसने सुना तो वह क्रोध में उबल पड़ा, दाँत किटकिटाकर उसने कहा, "उस शूद्रा के पुत्र में इतना साहस ! उसे नष्ट करना अब मेरा कर्तव्य रह गया है।"

"लेकिन वह तो तक्षशिला में है।" नन्द के एक मन्त्री ने उससे कहा।

"तक्षशिला ! अलंघ्य हिन्दूकुश पर्वतों के बीच वह छोटा-सा अंचल ! तो फिर वह वहीं रहे। सेनानायकों को मेरी आज्ञा है कि वे सावधानी के साथ इस अंचल की रक्षा करें। जब तक मैं जीवित हूँ, वह शूद्रा का पुत्र छम्ब में न आने पाएगा।"

निराश-सा नन्द छम्ब से पाटलिपुत्र लौटा। लौटते समय उसे अनुभव होने लगा कि मगध के बाहरवाले प्रदेशों में विद्रोह की भावना जाग रही है और व्यतिक्रम बढ़ता जा रहा है। उसके सामने अपने शासन को सुदृढ़ बनाए रखने की समस्या उठ खड़ी हुई।

पुष्पावती को साथ लेकर चन्द्रगुप्त चाणक्य के सम्मुख उपस्थित हुआ। चाणक्य ने दोनों को आशीर्वाद देते हुए कहा, "अच्छा किया जो तुम दोनों यहाँ आ गए हो। इस ओर बढ़ने का साहस नन्द में नहीं है। लेकिन छम्ब-नरेश चन्द्रगुप्त के लिए उचित यह होगा कि

वह छम्ब लौटकर मात्र अपने को स्थापित ही न करे, अपनी शक्ति का विस्तार भी करे। गढ़वाल के पश्चिम में हिमाचल प्रदेश की अनेक स्वतन्त्र शक्तियाँ बिखरी पड़ी हैं, उन पर विजय प्राप्त करके उन्हें एक सूत्र में बाँधने का एक विस्तृत कार्यक्रम तुम अपने हाथ में ले लो। हिमाचल प्रदेश के पश्चिम में काश्मीर की सुरम्य और विस्तृत घाटी है। काश्मीर का जन सीधा-सादा और शान्तिप्रिय है। केसर और स्वर्ण का अपार भंडार है वहाँ, तो काश्मीर को अपने वश में करके तुम्हें धन एवं साधनों की प्रचुरता मिलेगी। और वहाँ से तक्षशिला लौटकर तुम नन्दवंश को निर्मूल करने तथा पाटलिपुत्र पर अपने धन के बल पर अधिकार करने की एकाग्रचित होकर योजना बना सकोगे।"

चन्द्रगुप्त ने चाणक्य के आगे मस्तक नवाकर कहा, "आपके आदेशों का मैं पालन करूँगा। लेकिन इस सबमें समय अधिक लग जाएगा।"

मुस्कराते हुए चाणक्य ने कहा, "इतना अधिक व्यग्र होने की आवश्यकता नहीं है। समय की तुम चिन्ता मत करो, समय स्वयं अपनी सीमा निर्धारित कर लेगा। तुमने तो अभी किशोरावस्था ही पार की है, और जीवन एक अनन्त साधना है, इस बात पर सदैव ध्यान रखना।"

थोड़ी देर तक चाणक्य आँखें मूँदे बैठा रहा, और फिर उसने अपने आँखें खोलीं—"कोई किसी को नहीं बनाता, कोई किसी को नष्ट भी नहीं करता। नन्दवंश का नाश मैं नहीं कर रहा, उसका विनाश स्वयं महापद्म नन्द और उसके पुत्रों द्वारा हो रहा है। मैं भी कितना बड़ा मूर्ख हूँ जो समझता हूँ कि नन्दवंश का विनाश मेरे हाथों हो रहा है या होगा। मनुष्य कर्ता नहीं, वह कर्ता का भुलावा लिए हुए केवल कर्म है। लेकिन अपने इस अहं का क्या करूँ ? कर्म करने की प्रेरणा इस अहं की प्रेरणा है, और इस अंह का

परित्याग मेरे लिए सम्भव नहीं है। अब तुम जाओ, मेरी साधना का समय हो रहा है। इसके बाद मुझसे भेंट करने की तुम्हें आवश्यकता नहीं है। तुम्हारी स्वयं एक स्वतन्त्र सत्ता है। समय आने पर मैं तुम्हें ढूँढ़ लूँगा।"

"जैसी आपकी आज्ञा !" चन्द्रगुप्त ने वहाँ से चलते हुए कहा।

सातवाँ परिच्छेद

कारण क्या थे—कोई भी यह स्पष्ट रूप से नहीं जानता था। स्वयं नन्द के नौ पुत्र भी यह न बता सकते थे, लेकिन यह वास्तविकता थी कि नन्द के नौ पुत्रों के मन में यह धारणा पैठ गई थी कि चन्द्रगुप्त के जीवित रहते मगध का उत्तराधिकार नन्द के बाद चन्द्रगुप्त को ही मिलेगा। और इसलिए चन्द्रगुप्त को मार्ग से हटा देना उनका परम कर्तव्य है। असीम बुद्धि और कौशल से युक्त महामन्त्री राक्षस को इसका आभास हो चुका था। नन्द के पुत्रों द्वारा नियुक्त व्यावसायिक हत्यारों से लगातार सम्पर्क राक्षस को अरुचिकर लगता था, वह अपने ढंग से इन व्यावसायिक हत्यारों पर दृष्टि रखता था और इन हत्यारों के प्रयत्नों को विफल कर देता था।

नन्द के इन नौ पुत्रों में राज्याधिकार किसे मिलेगा, जैसे इस बात को लेकर इनमें कोई मतभेद नहीं था। देश और कुल की परम्परा के अनुसार ज्येष्ठ पुत्र के सिंहासन पर आरूढ़ होने की सम्भावना थी, लेकिन हिन्दुओं में प्रचलित संयुक्त परिवार की भावना सम्भवतः उस समय तक आ चुकी थी, शेष राजकुमारों में

अपने-अपने ढंग से मगध की शक्ति का लाभ उठाकर अपने बन्धुत्व को बनाए रखने की प्रवृत्ति थी।

नियुक्त व्यावसायिक हत्यारों के लगातार लोप होते जाने के कारण एक गुप्त मन्त्रणा में इन राजकुमारों ने निश्चय किया कि यदि चन्द्रगुप्त की हत्या का काम वही अपने हाथ में लें तो सफलता की सम्भावना अधिक है। इस काम के लिए पाँचवें राजकुमार श्वेतकमल और सातवें राजकुमार नीलकमल ने बीड़ा उठाया, और ये दोनों राक्षस के सामने मगध-साम्राज्य के और अधिक विस्तार की सम्भावनाओं के अध्ययन का बहाना बनाकर तक्षशिला के लिए चल पड़े।

तक्षशिला के सीधे मार्ग में अनेक सशक्त राज्यों एवं जनपदों के कारण वह मार्ग निरापद नहीं था, गुप्तचरों द्वारा उन्हें पता चल चुका था कि गढ़वाल के पश्चिम में जो अनेक शान्तिप्रिय राज्य या जनपद थे, उनसे होकर आसानी से बढ़ा जा सकता था। उस मार्ग से होकर जाने में तक्षशिला पहुँचकर चन्द्रगुप्त की हत्या करना सहज होगा। अनेक भौगोलिक बाधाओं से युक्त वह मार्ग आततायियों एवं लुटेरों से मुक्त था। स्वर्ण के बल पर वहाँ के निवासियों को वश में करके बाधाओं पर विजय पाई जा सकती है।

हिमाचल प्रदेश के अन्तिम छोर जम्मू तक ये दोनों राजकुमार चलते गए, और उसके बाद पड़ता था हिमालय की पर्वतमालाओं से घिरा हुआ काश्मीर का अंचल, जहाँ स्थान-स्थान पर अलंघ्य पर्वतमालाएँ अपना सिर उठाए खड़ी थीं। प्रकृति से अनवरत संघर्ष करनेवाले मनुष्य ने इन अलंघ्य पर्वतमालाओं के बीच पगडण्डियों के रूप में अपना मार्ग बना लिया था और काश्मीर की विस्तृत और रंगीन घाटी में शान्त और संघर्षरहित जीवन विकसित हो गया था। सबकुछ उपलब्ध था उस घाटी में, वहाँ केसर और स्वर्ण का भंडार था। पंचनद के रावलपिंडी नगर से काश्मीर का मार्ग सुगम और

सुरक्षित था, और उसी मार्ग से काश्मीर का व्यापारिक सम्बन्ध शेष भारत से था। काश्मीर से उत्तर-पश्चिम आवागमन के लिए असम्भव समझा जाता था।

हिमाचल प्रदेश से होते हुए काश्मीर जानेवाले मार्ग में ये दोनों राजकुमार थक गए थे, काश्मीर पहुँचकर इन्हें अनुभव हुआ कि इन दोनों को नया जीवन ही नहीं मिला है, ये दोनों स्वर्ग के एक भाग में पहुँच गए हैं।

काश्मीर के निवासी वहाँ की भूमि की भाँति ही सुन्दर और शान्त थे।

हिमालय पर्वत के उत्तरी अंचल में जहाँ से काश्मीर की मुख्य घाटी आरम्भ होती है, श्रीनगर नाम का नगर है। और वहीं डलझील के दो कोस दक्षिण में काश्मीर-नरेश का राजभवन था। काश्मीर के राजा अवन्तिदेव ने जब यह समाचार सुना कि मगध-साम्राज्य के दो राजकुमार भ्रमण करते हुए श्रीनगर पहुँचे हैं, तो उसने इन दो राजकुमारों को अपने ही राजभवन में अतिथि बनाया और उनके स्वागत-सत्कार का भार अपनी कुल-परम्परा के अनुसार अपनी पुत्री शोभना को सौंप दिया।

शोभना पूर्ण रूप से युवती हो चुकी थी—उसकी आयु प्रायः इक्कीस वर्ष की थी। अनिन्द्य सुन्दरी थी शोभना, सुलक्षणा और विनयशीला। उसके लिए सुयोग्य वर न मिलने के कारण वह अभी तक अविवाहिता थी। शोभना की चचेरी बहिन कामना शोभना की समवयस्का ही थी, अपेक्षाकृत चपल और चंचल। जब तक शोभना का विवाह न हो जाए तब तक कामना के विवाह का प्रश्न न उठता था।

एक दिन दोपहर के समय श्वेतकमल और नीलकमल शोभना और कामना को साथ लिए डल झील पर नौका-विहार के लिए निकले। नौका चलाते-चलाते ये दोनों डल झील के किनारे एक निर्जन

स्थान पर पहुँचे। शोभना का हाथ पकड़कर श्वेतकमल तट की ओर बढ़ा, और कामना नीलकमल का हाथ पकड़कर तट की ओर बढ़ी। कामना ने अपनी चंचलता में नीलकमल का हाथ दबाया और नीलकमल की धमनियों में रक्त का संचार तेज हो उठा, और उसने कामना को अपने अंक में कस लिया। नीलकमल की देखादेखी श्वेतकमल ने भी शोभना को अपने अंक में कस लिया। जैसे एक नशा-सा छा गया हो इन दोनों पर। और जब इन चारों की चेतना लौटी, इन चारों के हृदय धड़क रहे थे। इस छोटे-से क्षण में न जाने क्या-से-क्या हो चुका था।

दोनों राजकुमार शोभना और कामना को लेकर काश्मीर के आमोद-प्रमोद से युक्त भोग-विलास में डूब गए। यह समाचार अवन्तिदेव के कानों तक पहुँचा। जो हो चुका था वही अनिवार्य था, मगध के राजकुल से काश्मीर के राजकुल का सम्बन्ध अवन्तिदेव को अरुचिकर नहीं लगा और उसने इन लोगों का विवाह कर दिया।

श्वेतकमल और नीलकमल को पाटलिपुत्र से निकले एक वर्ष से अधिक हो चुका था। गुप्तचरों द्वारा महामन्त्री राक्षस को ये समाचार अनिश्चय से युक्त टूटे-फूटे क्रम में मिल रहे थे, उसने महापद्म नन्द को इन समाचारों से अवगत कराया। नन्द ने राक्षस को आदेश दिया कि दोनों राजकुमारों को उनकी पत्नियों के साथ अविलम्ब पाटलिपुत्र बुला लिया जाए।

उधर चाणक्य के परामर्श से चन्द्रगुप्त ने छम्ब पर फिर अपना अधिकार कर लिया था। और वह हिमाचल प्रदेश के पर्वतीय अंचल में अपने शासन एवं अपनी शक्तियों का विस्तार करने लगा था। जैसा चाणक्य ने उसे परामर्श दिया था, हिमाचल प्रदेश पर अपना अधिकार करके वह रावलपिंडी के मार्ग से स्वर्ण का भंडार प्राप्त करने के लिए काश्मीर की ओर चल पड़ा था। उसके साथ अब एक बड़ी सेना थी, जो नन्द के सैनिकों और गुप्तचरों को नष्ट कर रही थी।

श्वेतकमल और नीलकमल को चन्द्रगुप्त के तड़ित् गति से होनेवाले विजय-अभियान का पता ही न था।

श्रीनगर से तीन-चार कोस पहले बारामूल नामक उपनगर में चन्द्रगुप्त के सैनिकों ने दोनों राजकुमारों एवं उनकी पत्नियों को बन्दी बना लिया। राक्षस के दूतों से चन्द्रगुप्त को यह सन्देश मिल चुका था कि श्वेतकमल और नीलकमल काश्मीर-भ्रमण के लिए निकले हैं, यह सम्भावना भी है कि ये दोनों उसकी हत्या का प्रयत्न करें, इसलिए उसे सावधान रहना चाहिए। जब ये दोनों राजकुमार अपनी पत्नियों-सहित चन्द्रगुप्त के सामने उपस्थित किए गए, ये लोग भय से काँप रहे थे। चन्द्रगुप्त ने अपने आसन से उठकर दोनों का स्वागत किया—"भयभीत मत होओ, मैं अपने भ्राताओं का वध करने नहीं निकला हूँ, मैं उत्तर-पश्चिमी अंचलों को विजय करके अपने अधीन करने निकला हूँ। मैं तुम दोनों को निरापद भाव से मगध की सीमा पर पहुँचा दूँगा।" और फिर मुस्कराकर उसने कहा, "देख रहा हूँ तुम दोनों अपना-अपना विवाह कर चुके हो, मैं बड़ा भाई होने के नाते तुम दोनों को और तुम्हारी पत्नियों को आशीर्वाद देता हूँ। उपहार के रूप में मैं रेशम के थान और ऊनी दुशाले तुम्हें भेंट करता हूँ।"

लज्जा और ग्लानि से भरे दोनों भाइयों और उनकी वधुओं ने चन्द्रगुप्त के चरण छुए। चन्द्रगुप्त ने अपने सैनिकों के साथ इन लोगों को मगध की सीमा पर पहुँचा दिया।

नन्द ने जब अपने राजकुमारों और पुत्र-वधुओं को देखा, उसका मस्तक लज्जा से झुक गया। उसने मगध की मान्यता के अनुसार फिर से इन दोनों का विवाह करवा दिया।

जिस समय यह सारा समाचार क्रमबद्ध रूप में चाणक्य के पास पहुँचा, वह अपनी कुटी में पुष्पावती को नीतिशास्त्र की शिक्षा देता हुआ स्वयं अपने नीतिशास्त्र के आधारमूल तत्त्वों की शोध में व्यस्त था। समाचार पाकर वह एक झटके के साथ उठ खड़ा हुआ

और पुष्पावती को विदा करके शैवाल की कुटी की ओर चल पड़ा। चन्द्रगुप्त के अपने दो भाइयों को मुक्त करने के कार्य को उसका मन स्वीकार नहीं कर रहा था।

असमय चाणक्य के अपनी कुटी में आने पर शैवाल को आश्चर्य हुआ, उसने चाणक्य से कहा, "बड़े हतप्रभ दीख रहे हो, चाणक्य !"

"हाँ आचार्य ! मुझे समाचार मिला है कि चन्द्रगुप्त ने अपने दो भाइयों को, जो उसके प्राण लेने को आतुर थे, बन्दी बनाकर मुक्त कर दिया। यही नहीं, उन दोनों ने काश्मीर-नरेश की पुत्रियों से विवाह कर लिया था, और चन्द्रगुप्त ने उन्हें बहुमूल्य भेंट देकर आशीर्वाद भी दिया।"

"यही मानव-धर्म है, उसने मानव-धर्म का निर्वाह किया है।" शैवाल ने उत्तर दिया।

"मानव अनादिकाल से हिंसक प्राणी रहा है, आप अहिंसा को मानव-धर्म कैसे कहते हैं ?"

"मानव आवश्यकता के वश हिंसक रहा है, प्रवृत्ति से वह हिंसात्मक प्राणी नहीं है।" शैवाल ने उत्तर दिया, "अगर वह प्रवृत्ति से हिंसक प्राणी रहा होता तो वह सामाजिक प्राणी बन ही नहीं पाता।"

शैवाल को लगा जैसे चाणक्य को उसकी बातों में शंका दिख रही है। शैवाल ने अपनी बात अधिक स्पष्ट की—"हिंसा मानव की रक्षात्मक और प्रतिक्रियात्मक प्रवृत्ति है, उसकी आधारमूल प्रवृत्ति नहीं है। अपनी मूल अहिंसा की प्रवृत्ति के कारण उसका सामाजिक विस्तार और प्रसार होता गया है और लगातार होता जाएगा। भविष्य अनदेखा और अनजाना है, इसलिए भविष्य की चिन्ता करना अनपेक्षित और व्यर्थ है।"

कुछ उत्तेजना के स्वर में चाणक्य ने पूछा, "फिर मेरा

नीतिवाद—क्या यह भी अनपेक्षित और व्यर्थ है ?''

''अपनी स्वाभाविक गति में यह नीतिवाद भविष्य का सत्य होगा, तब तक के लिए जब तक कि मानव में एक नई सामाजिक क्रान्ति न हो। लेकिन बौद्धिक विकास के क्रम में उस सामाजिक क्रान्ति के बाद भी नीतिवाद बना रहेगा, मुझे ऐसा दिखता है। अपनी उत्तेजना त्यागकर तुम अपने इस नीतिशास्त्र पर लगे रहो—बुद्धि के क्षेत्र में तुम नया कीर्तिमान स्थापित करके रहोगे, और यह तब तक चलता रहेगा जब तक मानव की बुद्धि मानव की समस्त उपलब्धियों को नष्ट नहीं कर देती। मेरा तुम्हें आशीर्वाद है कि तुम्हारी बुद्धि अजर और अमर रहे।''

आठवाँ परिच्छेद

तक्षशिला के पूर्व में पंचनद प्रदेश के बाद सांकस्या, अवध और श्रावस्ती के प्रदेशों को पार करता हुआ, दूरातिदूर; उत्तर में गंगा नदी और दक्षिण में मार्गरहित, समय-समय पर पूर्ण रूप से जल-प्लावित, स्थान-स्थान पर सघन वनों से भरी हुई बीहड़ भूमि, और गंगा के तट पर पश्चिम से पूर्व कोसों तक फैली हुई समतल, रम्य और उपजाऊ भूमि, मानव-सभ्यता के केन्द्र के रूप में—यही था पाटलिपुत्र का नगर।

तक्षशिला विश्वविद्यालय के प्रांगण में चाणक्य की खुली हुई शिखा उसके हाथ में थी, और उसकी दृष्टि में था पाटलिपुत्र का राजभवन, जहाँ अपमानित होकर उसने व्रत लिया था कि वह शिखा उस दिन बँधेगी जिस दिन वह नन्दवंश को समूल नष्ट कर देगा।

चाणक्य ने चन्द्रगुप्त को आदेश दिया कि वह मगध के विरुद्ध अब अभियान आरम्भ कर दे। चन्द्रगुप्त की छोटी-सी सेना का अग्रवाहक होकर स्वयं चाणक्य पाटलिपुत्र चलेगा; चन्द्रगुप्त को, अपनी सेना के साथ, उसके पीछे-पीछे चलना होगा।

तक्षशिला को अन्तिम प्रणाम करके चाणक्य मगध की ओर चल पड़ा। हृष्ट-पुष्ट, बलिष्ठ शरीर, उसका भाला उसके हाथ में, उसकी कमर में बँधी हुई कुछ स्वर्ण-मुदाएँ, असीमित मानसिक बल, और अडिग संकल्प—यही थी उसकी कुल जमा-पूँजी।

पंचनद प्रदेश से लगा हुआ भारत का पश्चिमी भाग अत्यन्त अरक्षित था। लुटेरों और आततायियों का वहाँ शासन था, जो खेती करते थे और खाली समय में लूट-पाट तथा चोरी-डकैती करते थे। इस अंचल के मगध की सीमाओं से मिले होने के कारण मगध की सेना का एक शक्तिशाली भाग वहाँ नियुक्त था।

चाणक्य ने उत्तर भारत के भूगोल का बड़े मनोयोग से अध्ययन कर लिया था, चन्द्रगुप्त की सेना का वाहक होने के पहले।

पंचनद प्रदेश के दक्षिण-पूर्व में थार की नितान्त जनहीन मरुभूमि है। अतः पंचनद प्रदेश से पूर्व की ओर जाने के लिए दक्षिण में सौराष्ट्र होते हुए आगे बढ़ना अपेक्षाकृत निरापद लगा चाणक्य को।

दक्षिण में सौराष्ट्र से आरम्भ होकर कुरुक्षेत्र तक फैली हुई अरावली की पर्वतमाला थी जो बड़ी सरलता के साथ लाँघी जा सकती थी। यह अंचल हिंसक पशुओं से युक्त था और यहाँ मनुष्यों और इन हिंसक पशुओं में संघर्ष निरन्तर चलता रहता था। अरावली पर्वतमालाओं के दक्षिण में भील जन-जाति का आधिपत्य था। समतल भूमिवाले हिंस्र पशुओं को मारकर भीलों ने उस अंचल को सुरक्षित बना लिया था।

छल-कपट और प्रपंच से रहित यह भीलों की जन-जाति—इस पर सरलता के साथ विजय पाई जा सकती थी। तो चाणक्य ने पंचनद प्रदेश से मगध की ओर बढ़ने के लिए यही दक्षिणवाला मार्ग अपनाया।

सौराष्ट्र के उत्तर में चाणक्य के लिए दक्षिणवाला मार्ग समाप्त

हो गया था क्योंकि वह गुर्जर प्रदेश में होता हुआ महाराष्ट्र की ओर चला गया था। स्वभावतः चाणक्य ने वहाँ से पूर्वोत्तरवाला मार्ग अपना लिया। इस मार्ग में आगे चलकर भीलों की बस्ती समाप्त हो गई थी और मालवों की बस्ती आरम्भ हो गई थी, जिनका निकट-सम्पर्क ब्रजभूमि तथा उसके निवासियों के साथ था।

इस मालव प्रदेश की राजधानी थी उज्जयिनी। छोटे-छोटे पर्वतों से घिरी यह नगरी, भारतीय इतिहास में इस नगरी का महत्त्वपूर्ण स्थान रहा है। पश्चिम से पूर्व की ओर कोसों तक फैली हुई समतल भूमि, अति हरित और उर्वर। उज्जयिनी नगरी के उत्तर-पश्चिम में कुरुक्षेत्र। और मालव-प्रदेश से मिली हुई मगध-साम्राज्य की सीमा।

चाणक्य के पीछे-पीछे जब चन्द्रगुप्त सौराष्ट्र से मालव-प्रदेश की ओर बढ़ रहा था, उसका सामना भीलों से हुआ। भीलों का राजा था गरिमध्वज, जो अपनी वीरता और अपने शौर्य के लिए प्रख्यात था। गरिमध्वज के पास एक शक्तिशाली सेना थी। लेकिन इन भीलों के शस्त्रास्त्र आधुनिक नहीं थे, और युद्ध आरम्भ होते ही गरिमध्वज को आभास हो गया कि इस युद्ध से सम्पूर्ण भील जाति का अहित ही होगा।

चन्द्रगुप्त की उदारता और उसके सद्भावनापूर्ण व्यवहार से गरिमध्वज अत्यन्त प्रभावित हुआ। उसने समझ लिया कि चन्द्रगुप्त भीलों से गुलामी नहीं कराएगा, उसकी अध्यक्षता में भीलों की स्वतन्त्र सत्ता बनी रहेगी। गरिमध्वज ने चन्द्रगुप्त को आत्मसमर्पण ही नहीं किया, वरन् वह सहर्ष अपनी सेना को साथ लेकर चन्द्रगुप्त का एक सेनापति भी बन गया।

उज्जयिनी नगरी में बैठकर चाणक्य को अब मगध में प्रवेश करना और नन्दवंश को नष्ट करना था, इसके लिए उसे एक विस्तृत योजना की आवश्यकता अनुभव हुई। जहाँ तक सैन्यबल का प्रश्न था, मगध के विराट सैन्यबल से लोहा ले सकना चन्द्रगुप्त के वश

में नहीं था। मगध में निर्बाध प्रवेश कहाँ से किया जाए ? उसके सामने यह प्रश्न था।

उज्जयिनी से पूर्व में विन्ध्य-पर्वत, उत्तर और दक्षिण भारत के बीच मेखलाकार स्थित था। उत्तर-पूर्व में मगध-साम्राज्य की सीमाएँ थीं। सम्भवतः उज्जयिनी के पूर्व में ही विन्ध्य पर्वतमालाओं की तराई में, यमुना नदी के दक्षिण ओर से यमुना के किनारे-किनारे बढ़ा जा सकता था। विन्ध्य पर्वतमालाओं की तराई में भीलों की बस्ती थी। गरिमध्वज के निर्देशन में चन्द्रगुप्त की सेनाओं को विन्ध्याचल की तराई में होते हुए प्रयाग की ओर बढ़ना था।

पूरे एक वर्ष तक चाणक्य को और चन्द्रगुप्त तथा उसकी सेनाओं को उज्जयिनी में रुककर अपनी शक्तियों के प्रसार एवं विस्तार का कार्य अपनाना पड़ा।

काश्मीर से नियमित रूप से आनेवाले स्वर्ण ने चन्द्रगुप्त की उसके अभियान में बड़ी सहायता की। मालव प्रदेश की जनता को दबाकर तथा उस पर कर लगा, धनोपार्जन करने के स्थान पर इस काश्मीर से आनेवाले स्वर्ण से चन्द्रगुप्त की लोकप्रियता उस अंचल में अत्यधिक बढ़ गई थी।

मगध के महामन्त्री राक्षस को उसके गुप्तचरों द्वारा चन्द्रगुप्त की शक्तियों के प्रसार एवं विस्तार के समाचार निरन्तर प्राप्त हो रहे थे। वैसे काश्मीर से चन्द्रगुप्त के पास निरन्तर आते रहनेवाले स्वर्ण का ज्ञान उसे न था, और इसीलिए उसे आश्चर्य हो रहा था तेजी के साथ बढ़ते हुए चन्द्रगुप्त के अभियान पर। लेकिन इस अभियान पर उसके अन्दर उसके अनजाने ही एक तरह का सन्तोष था, एक तरह की प्रसन्नता भी थी।

जहाँ तक नन्द के नौ पुत्रों में आपसी मतभेदों का प्रश्न था, वह एक आन्तरिक और पारिवारिक समस्या थी। महामन्त्री राक्षस साम्राज्य के प्रबन्ध और बाहरी संघर्षों में इतना अधिक उलझा हुआ

था कि उसे इन आन्तरिक प्रश्नों पर ध्यान देने की आवश्यकता ही नहीं अनुभव हुई।

राजकुल के आन्तरिक संघर्षों और नन्द से अलग हटकर उसके नौ कुमारों के साम्राज्य पर आरोपण को लेकर पाटलिपुत्र में एक शक्तिशाली और योग्य व्यक्तित्व का उदय हुआ। इस व्यक्ति का नाम था शकटार, जिसने बाद में मगध के इतिहास में चाणक्य के प्रायः समकक्ष ही अपना स्थान बना लिया।

शकटार और उसकी वंश-परम्परा के सम्बन्ध में इतिहास प्रायः मौन है। इतिहास लिखने की परम्परा भारत में नहीं रही है, यहाँ का इतिहास पौराणिक कथाओं के रूप में है, जहाँ अतिशयोक्तियों की भरमार है, कभी-कभी तो सत्य के बिलकुल विपरीत। फिर भी कुछ बिखरे हुए सूत्रों को जोड़कर हम इस निष्कर्ष पर पहुँचते हैं कि शकटार का जन्म एक ऐसे ब्राह्मण परिवार में हुआ था जो किसी हद तक हीन समझा जाता था क्योंकि वह शाक्त था, मांस और मदिरा का सेवन जहाँ प्रचुर रूप से प्रचलित था। उस परिवार में स्वाध्याय और आत्मचिन्तन की परम्परा, थी और शकटार के पिता की गणना उत्तर मगध के प्रकांड पंडितों में होती थी। शकटार के पिता स्वाभिमानी पंडित थे और अपने स्वाभिमान के कारण वह सदा से आर्थिक कष्ट में रहे थे। अपने ब्रह्मचर्य के जीवन में तो परिवार के आर्थिक कष्टों का शकटार को पता नहीं चला, लेकिन जब उसका विवाह हुआ और परिवार का आर्थिक भार उस पर पड़ा, तब शकटार को आजीविका की तलाश में भटकना पड़ा। और जीविकोपार्जन का हल था केवल राजदरबार अथवा राजपरिवार में। शकटार में प्रबल महत्वाकांक्षा थी, अधीनस्थ होकर काम करने की उसमें प्रवृत्ति ही नहीं थी।

राजदरबार में राक्षस पूर्णरूप से स्थापित था। राजपरिवार में नन्द के नौ कुमारों में विग्रह भले ही न रहा हो, मतैक्य भी नहीं था। एक दिन श्वेतकमल अपनी पत्नी के साथ जब राजभवन के बाहर घूमने निकला, शकटार ने साहस करके उसका रथ रोक निवेदन किया, 'मैं शकटार नाम का युवक, कर्मकांडी एवं प्रकांड पंडितों का वंशज हूँ, सम्भवतः मैं आप कुमारों का सहायक सिद्ध हो सकूँ।''

अपने रथ के शकटार द्वारा रोके जाने के साहस से श्वेतकमल उतना नहीं, जितना उसकी पत्नी शोभना प्रभावित हुई। उसने कहा, ''अगर तुम हमारे शुभचिन्तक होने की शपथ लो तो हम तुम्हें राजकुल का परामर्शदाता नियुक्त कर सकते हैं।''

शकटार ने तनकर कहा, ''मेरा वचन बड़ी-से-बड़ी शपथ के समान है—मैं आपको वचन देता हूँ।''

और उसी दिन से शकटार राजकुल का परामर्शदाता बन गया।

उज्जयिनी से विन्ध्य पर्वत की तराई से होता हुआ चन्द्रगुप्त अपनी सेनाओं के साथ पूर्व दिशा में प्रयाग की ओर बढ़ रहा था। उसे गरिमध्वज के कारण तराई में बसे हुए भीलों की शक्ति प्राप्त हो रही थी।

चन्द्रगुप्त की बढ़ती हुई शक्ति के प्रति शकटार सतर्क था, इस शक्ति का सामना शीघ्र ही मगध के सम्राट को करना होगा। मगध-सम्राट स्वयं चन्द्रगुप्त की शक्तियों के विस्तार एवं प्रसार के प्रति मन-ही-मन उदासीन थे। संघर्ष तो चन्द्रगुप्त और मगध के नौ राजकुमारों के बीच होना था, इन नौ राजकुमारों को मिलकर चन्द्रगुप्त के विरुद्ध सक्रिय रूप में अपना अभियान उठाना था—शकटार को इस निर्णय पर पहुँचना पड़ा।

शकटार ने भी गुप्तचरों का एक जाल बिछा दिया। राक्षस को यह पता था कि राजकुल के परामर्शदाता के रूप में शकटार नाम के एक व्यक्ति की नियुक्ति हो गई है, और राक्षस ने यह भी पता लगा लिया था कि शकटार बुद्धिमान और सदाचारी है। शकटार की इस नियुक्ति का महामन्त्री राक्षस ने मन-ही-मन स्वागत भी किया था।

शकटार ने चन्द्रगुप्त के मगध की ओर द्रुतगति से बढ़ने के समाचार इन नौ राजकुमारों को देते हुए उनकी एक बैठक बुलाई। इस बैठक में समस्त राजकुमार सम्मिलित थे।

बैठक आरम्भ होने पर शकटार ने कहा, "मगध-सम्राट महापद्म नन्द अब वयोवृद्ध हो रहे हैं। वृद्धावस्था के कारण स्वाभाविक रूप से उनकी शक्तियों और उनके प्रभावों का ह्रास हो सकता है। उनकी शक्तियाँ वैसी-की-वैसी दृढ़ बनी रहें, इसलिए यह नितान्त आवश्यक हो गया है कि उनका वैध उत्तराधिकारी घोषित कर दिया जाए। इस उत्तराधिकार के ही प्रश्न को लेकर तो चन्द्रगुप्त आगे बढ़ रहा है। मगध-सम्राट के वैध उत्तराधिकारी की घोषणा से चन्द्रगुप्त के अभियान में बाधा पड़ेगी।"

मौन भाव से उन नौ राजकुमारों ने शकटार की बात सुनी और उसके सत्य और तथ्य को स्वीकार किया। कोई कुछ बोला नहीं।

कुछ रुककर शकटार ने अपनी बात आगे बढ़ाई, "आज आप लोगों के सम्मुख मगध-सम्राट के उत्तराधिकारी के चयन का प्रश्न है। आप सब एकमत होकर चन्द्रगुप्त को अस्वीकार करते रहे हैं; अब आप किसे स्वीकार करेंगे, इस पर आपको निर्णय लेना है। विधान और परम्परा के अनुसार मगध-सम्राट के ज्येष्ठ पुत्र पद्मकमल को उत्तराधिकारी होना चाहिए। यदि आप लोग एकमत होकर पद्मकमल को साम्राज्य का उत्तराधिकारी स्वीकार कर लें तो इसी समय यहाँ इनका राजतिलक करके आप सब इसकी घोषणा कर दें।"

प्रथम बार इन नौ राजकुमारों के सामने उत्तराधिकार का प्रश्न आया था। शकटार ने प्रश्नसूचक दृष्टि से पद्मकमल को देखा।

पद्मकमल शान्त और धीर-गम्भीर व्यक्ति था। चन्द्रगुप्त के विरुद्ध इन राजकुमारों के षड्यन्त्र में वह सदा तटस्थ रहा था। उसने कहा, "मगध-सम्राट का उत्तराधिकारी होने का न मुझे कोई मोह है और न मुझमें वैसी अभिलाषा है। मेरे भ्राता किसी अन्य भ्राता का चयन कर सकते हैं।"

लेकिन अन्य राजकुमारों के अपने-अपने सपने थे, उनमें एक-दूसरे से टकरानेवाली अपनी-अपनी महत्त्वकांक्षाएँ थीं। उनमें मगध के उत्तराधिकार के प्रश्न पर मतैक्य होना सम्भव नहीं था। उन्होंने उस समय इस प्रश्न को टालने का प्रयत्न भी किया। लेकिन शकटार ने स्पष्ट कर दिया कि यह प्रश्न टाला नहीं जा सकता, इस प्रश्न को टालने में स्वयं उनका अकल्याण है, निर्णय लेना अत्यावश्यक है। अन्त में बड़े वाद-विवाद के बाद यही निर्णय हुआ कि पद्मकमल को ही परम्परा के अनुसार उत्तराधिकार सौंप दिया जाए।

इस निर्णय के अनुसार शकटार ने उसी समय अन्य राजकुमारों की शपथ के साथ पद्मकमल के मस्तक पर मगध-सम्राट के उत्तराधिकार का तिलक लगा दिया। शेष आठ राजकुमारों में पद्मकमल के प्रमुख मन्त्रियों के पद विभाजित करने के बाद शकटार के निर्देशन में पद्मकमल के मन्त्रिमंडल का गठन भी हो गया। सारी कार्यवाही बड़ी शान्तिपूर्वक सम्पन्न हुई।

और अब शकटार इस नौ राजकुमारों की राजभवनवाली बैठक का ब्यौरा लेकर महामन्त्री राक्षस के सम्मुख उपस्थित हुआ। उत्तराधिकार का प्रश्न पारिवारिक होने के साथ साम्राज्य का संवैधानिक प्रश्न भी तो था।

महामन्त्री राक्षस ने शकटार के सम्बन्ध में सुना अवश्य था, उसने कभी शकटार को देखा न था। ब्यौरे के साथ शकटार की बात सुनकर महामन्त्री राक्षस ने मन-ही-मन शकटार की बुद्धि की प्रशंसा की। लेकिन अपनी आदत के अनुसार महामन्त्री राक्षस ने शकटार को कठोर दृष्टि से देखकर कहा, ''कहीं इन मूर्ख राजकुमारों के परामर्शदाता बनकर तुमसे कुछ भूल तो नहीं हो गई है ?''

आश्चर्यचकित होकर शकटार महामन्त्री राक्षस को देख रहा था और राक्षस कहता जा रहा था, ''मगध-साम्राज्य का वास्तविक उत्तराधिकारी चन्द्रगुप्त है। धन के लोभ में ग्रस्त राज्य के पुरोहितों ने विधान दिया है कि शूद्रा मुरा का पुत्र होने के कारण चन्द्रगुप्त शूद्र है, और यह विधान सर्वथा न्याय के विरुद्ध और असंगत है। मुरा का नन्द के साथ विवाह अनुलोम विवाह है और अनुलोम विवाह की सन्तान क्षत्रिय है। मेरा तो यह अभिमत है कि चन्द्रगुप्त वीर है, बुद्धिमान है; और सबसे बड़ी बात यह कि उसका पथप्रदर्शक चाणक्य है इसलिए वह अपना अधिकार स्वयं प्राप्त कर लेगा।''

यह कहते-कहते राक्षस का स्वर स्वतःकथन में परिणत हो गया, ''यह चाणक्य, मैं इस व्यक्ति को समझ नहीं पा रहा। अभूतपूर्व अलौकिक प्रतिभा से युक्त, लेकिन भयानक रूप से हठी और क्रोधी। क्या यह हठ ही कर्म की प्रेरक-शक्ति है ? मुझे तो ऐसा दिखता है कि विश्व-इतिहास में इसका नाम अमर रहेगा।''

हतप्रभ-सा शकटार राक्षस के पास से चला आया।

राक्षस के समक्ष महापद्म नन्द की सत्ता को अक्षुण्ण बनाए रखने का प्रश्न था। यमुना नदी के पूर्व और उत्तर में फैला हुआ मगध का साम्राज्य, राक्षस ने उस साम्राज्य की आन्तरिक व्यवस्था पर विशेष ध्यान देकर उसे अधिक सुरक्षित और शक्तिशाली बनाना आरम्भ कर दिया; मगध-साम्राज्य के बाहर क्या हो रहा है, जैसे उससे

कोई प्रयोजन ही न रहा हो।

मगध की आन्तरिक व्यवस्था के निरन्तर अधिक-से-अधिक सुदृढ़ होने के समाचार चाणक्य को प्राप्त हो रहे थे, लेकिन वह शान्त और अविचलित भाव से अपनी योजना का कार्यान्वयन कर रहा था।

बसन्त ऋतु आधी से अधिक बीत चुकी थी, वर्षा ऋतु आने में अब ढाई-तीन महीने शेष थे। चाणक्य ने चन्द्रगुप्त को अपना अभियान आरम्भ करने का आदेश दे दिया। उसने विन्ध्याचल की तराई के उत्तरी अंचल में दक्षिण-पूर्व वाला मार्ग अपनाया। उज्जयिनी से चलकर वह मथुरा नगरी में रुका।

मथुरा ! महाभारत काल से भी अधिक प्राचीन नगरी। जब भारत में पंचनद प्रदेश में सभ्यता का कोई चिह्न नहीं था, उस सुदूर काल से मध्यएशिया का गंगा के मैदानों से सम्पर्क मथुरा होते हुए ही था। मथुरा धार्मिक केन्द्र तो बहुत बाद में कृष्ण के कारण बना, मथुरा भारत का बहुत बड़ा व्यापारिक केन्द्र था। मथुरा को केन्द्र बनाकर ब्रजभूमि का विस्तार हुआ है। चाणक्य को मथुरा पहुँचकर हार्दिक सन्तोष हुआ। मथुरा के पूर्व में, यमुना नदी को पार करते ही मगध-साम्राज्य की सीमा आरम्भ हो जाती है। पूर्व की ओर बढ़ना असम्भव-सा था, सम्भव अगर कुछ था तो बस यही कि मथुरा से दक्षिण की ओर, यमुना के दक्षिणी तट की ओर जाए, जहाँ भीलों की बस्ती थी। गरिमध्वज की अध्यक्षता में उस दक्षिणी अंचल में बढ़ना अधिक निरापद था। और मथुरा से चाणक्य ने इसी दक्षिणी मार्ग को अपनाया। उसका अगला पड़ाव था प्रयाग।

गंगा और यमुना का संगम-स्थल होने के कारण प्रयाग ने धार्मिक महत्ता प्राप्त कर ली थी। प्रयाग की जनसंख्या बहुत कम थी, केवल पर्वों के अवसर पर वहाँ भीड़ एकत्रित होती थी। इस संगम के बाद यमुना नदी का नाम लुप्त हो जाता है। पूर्व की ओर बढ़ती

हुई गंगा नदी के दक्षिणवाला भाग अनेक छोटे-छोटे राज्यों तथा जनपदों में विभक्त था जिनमें अधिकांश भीलों की बस्तियाँ थी। चाणक्य ने गरिमध्वज को आगे करके यमुना के दक्षिणी मार्ग से मगध की ओर प्रस्थान किया।

नौवाँ परिच्छेद

एक-दूसरे के सम्बद्ध, एक-दूसरे से नितान्त असम्बद्ध और एक-दूसरे के विरुद्ध, अगणित पौराणिक कथाएँ एवं आख्यान, जिनमें पाठक या श्रोता पूरी तरह अपने को खो दें, अपने चारों ओर लपेटे, गंगातट पर बसी काशी नगरी इतिहास को चुनौती दे रही है। वैष्णव, शाक्त एवं शैव—भारत के तीन मतों का एक अद्भुत सम्मिलन। काशी भारतीय इतिहास में एक पहेली के रूप में रही है। नगरी में यौन-उपासना के रूप में उत्तर-पूर्व से आनेवाला शाक्त-मत, लिंग की उपासना के रूप में दक्षिण से आनेवाला शैव मत और यहीं गंगा के मैदानों में पश्चिम से आनेवाला वैदिक परम्पराओं से युक्त वैष्णव मत, जो ब्रजभूमि में विकसित हुआ।

बड़े स्वाभाविक क्रम में इन मतों का विकास हुआ है। हरेक मत में मानव की सीमाओं के अनुसार स्रष्टा की उपासना की गई है। ब्रह्मा-विष्णु-महेश—इस त्रिमूर्ति की परिकल्पना मानव के बौद्धिक विकास के रूप में बहुत बाद में हुई, जब विभिन्न मतों का समन्वय करके यहाँ जन के लिए एक ऐसे मत का विकास किया गया जिसमें

मतों के आपसी संघर्ष न रहने पावें। मानव का जन्म, मानव का भरण-पोषण, मानव की मृत्यु—इनके प्रतिनिधि हैं ब्रह्मा, विष्णु और महेश। इस त्रिमूर्ति में शक्ति का विधान नहीं था, तो शक्ति की अलग सत्ता मानी गई।

काशी इस धार्मिक समन्वय का केन्द्र रहा है और काशी की अपनी निजी सत्ता बनी रहे, इसलिए इसे त्रैलोक्यनाथ की पुरी मानकर किसी भी बाहरी नरेश या सम्राट ने इस नगरी पर अपना आधिपत्य नहीं जमाया। वैसे काशी के जनपद में सुविधा के लिए कभी-कभी नरेश भी होते रहे हैं, सत्य हरिश्चन्द्र की कथा इसका ज्वलन्त उदाहरण है, लेकिन इन नरेशों की स्थानता नियम नहीं, नियम के अपवाद के उदाहरण हैं। तो चाणक्य ने बहिर-आक्रमणों से मुक्त काशी को अपने भावी कार्यक्रम के विस्तार के लिए उचित स्थान समझा।

चन्द्रगुप्त अपनी सेना को काशी जनपद के दक्षिण में छोड़कर चाणक्य से परामर्श करने के लिए काशी नगरी में चाणक्य के सन्निकट आ गया। महामन्त्री राक्षस को चन्द्रगुप्त की काशी में उपस्थिति का पता था, लेकिन काशी की प्रभुसत्ता में हस्तक्षेप करने का विचार ही जैसे उसके मन में नहीं आया। मगध-सम्राट की तुलना में चन्द्रगुप्त के पास साधनों का नितान्त अभाव था, और इसलिए वह काश्मीर से आनेवाले स्वर्ण के बल पर तेजी से अपनी शक्ति बढ़ा रहा था।

महामन्त्री राक्षस तो तटस्थ भाव से चन्द्रगुप्त की गतिविधियों को देख रहा था, लेकिन शकटार की आँखों के आगे संकट झूल रहा था।

गंगा के उत्तर में कुछ दूर पर गंगा से मिलनेवाली दो छोटी-छोटी नदियाँ—वरुणा और असी—बहती हैं, इनके तट पर बसी हुई बस्ती का नाम वाराणसी पड़ गया था और इसी अंचल में काशी नगरी बसी

हुई थी। वाराणसी का नाम बिगड़ते-बिगड़ते कालान्तर में बनारस हो गया था। इसी बस्ती में काशी की राजधानी स्थित थी। और यहीं काशी की गतिविधियाँ केन्द्रित थीं।

शकटार के परामर्श को स्वीकार करते हुए पद्मकमल ने परिलक्षित कर लिया कि महामन्त्री राक्षस के अन्दर चन्द्रगुप्त के प्रति पक्षपात और उदारता की भावना है, और मगध का शासन चन्द्रगुप्त की मगध के बाहरवाली गतिविधियों के प्रति उदासीन है और रहेगा। इसलिए पद्मकमल को मगध के शासन को प्रणाम करके कुछ समय के लिए काशी पर आधिपत्य कर लेना उचित होगा। उसने महापद्म नन्द से काशी पर आक्रमण करने की राजाज्ञा प्राप्त कर ली।

काशी पर मगध की सेनाओं द्वारा आक्रमण होगा, यह समाचार पाटलिपुत्र में चंचरीक के रूप में बैठे हुए चाणक्य को मिल गया। मगध की विशाल सेना द्वारा काशी पर आक्रमण होना चन्द्रगुप्त के लिए आपद्पूर्ण हो सकता है क्योंकि काशी पर आक्रमण होने के बाद चन्द्रगुप्त को अनिवार्य रूप से मगध की सेनाओं के साथ युद्ध करना होगा। इस सम्भावना को ध्यान में रखकर चाणक्य ने गरिमध्वज से बात की, वही इस समय सहायक हो सकता था।

प्रभुता प्राप्त कर लेने के बाद गरिमध्वज ने विन्ध्याचल पर्वत के पूर्वी अंचल में अपनी सत्ता अत्यधिक बढ़ा ली थी। जहाँ विन्ध्याचल पर्वत का पूर्वी अंचल समाप्त होता है वहाँ छोटी-छोटी पहाड़ियों से युक्त समतल भूमि का एक विस्तृत अंचल है जो उत्कल प्रदेश में समुद्रतट पर बसी हुई जगन्नाथपुरी तक चला जाता है। जहाँ से यह अंचल आरम्भ होता है वहाँ एक छोटी-सी बस्ती है जहाँ झीलों के साथ-साथ कोल जन-जाति का भी निवास है। इस बस्ती का नाम विरांचि था जो कालान्तर में छोटा होकर राँची रह गया। गरिमध्वज ने विरांचि में अपना पड़ाव डालकर मगध-राज्य को दक्षिण से अपने

घेरे में ले लिया। इन कोलों और भीलों के पास आधुनिक शस्त्रों का अभाव था, केवल धनुष और बाण के बल पर यह अपना अस्तित्व बनाए रख सकते थे।

मगध की सेना ने काशी पर आक्रमण कर दिया। काशी जनपद की एक छोटी-सी सेना थी, लेकिन इस बीच चन्द्रगुप्त ने एक बड़ी सेना एकत्र कर ली थी। चन्द्रगुप्त की सेना और मगध की सेना में भयानक युद्ध हुआ जो तीन दिन तक चलता रहा। मगध-सेना की वह छोटी-सी टुकड़ी पूर्ण रूप से नष्ट हो गई, बचे-खुचे सैनिकों ने भागकर मगध की सीमा में शरण ली।

इस युद्ध में चन्द्रगुप्त की सेना भी प्रायः नष्ट हो गई। चाणक्य इस युद्ध के अवसर पर काशी आ गया था। मगध की सेना सुगठित होकर फिर काशी पर आक्रमण करेगी इस सम्भावना को दृष्टिगत रखकर उसने चन्द्रगुप्त को परामर्श दिया कि वह काशी के पश्चिम में स्थित प्रयाग में जाकर फिर अपनी सेना का पुनर्गठन करे। गरिमध्वज के साथ चन्द्रगुप्त ने प्रयाग पहुँचकर अपनी सेना का पुनर्गठन आरम्भ कर दिया।

गरिमध्वज इस बात पर चकित था कि एक साधनहीन युवक किस तरह अपनी शक्ति संचित करता जा रहा है। काश्मीर से निरन्तर चन्द्रगुप्त के पास आनेवाले स्वर्ण की महत्ता जैसे उसकी समझ में ही नहीं आ रही थी। कोलों और भीलों को स्वर्ण की महत्ता का पता ही नहीं था। लेकिन निरन्तर आदान-प्रदानवाले मगध-सम्राज्य के अंचल में जो महत्त्वपूर्ण था, वह स्वर्ण था। अब गरिमध्वज भी धीरे-धीरे दक्षिण में विन्ध्याचल की तराई में स्वर्ण की आदान-प्रदानवाली व्यवस्था को अपनाता जा रहा था।

प्रयाग नगरी के ठीक उत्तरी अंचल में, जहाँ आज झूँसी की बस्ती बसी हुई है, चाणक्य चन्द्रगुप्त के निवास के लिए एक उपनगर का नियोजन करके फिर चंचरीक के रूप में पाटलिपुत्र लौट गया।

वहाँ जाते ही वह ब्राह्मणों और पंडितों के विस्तृत समाज में विलीन हो गया। वह जानता था कि मगध को महामन्त्री राक्षस की सतर्कता के कारण मगध के बाहर से नहीं तोड़ा जा सकता है, मगध के अन्दर रहकर ही वहाँ की शासन-व्यवस्था को तोड़ा जा सकेगा। चाणक्य की सुरक्षा मगध के अन्दर उसके राजकर्मियों की असावधानी से युक्त अंचल में ही थी।

गंगा के मैदानों के रास्ते गुप्त रूप से आनेवाले स्वर्ण की आपूर्त्ति एक तरह से रुक गई थी। स्वर्ण की कई खेपें मगध के राजकर्मियों के हाथों पड़ गई थीं, लेकिन इस स्वर्ण को लोभ से ग्रस्त होकर इन राजकर्मियों ने आपस में ही बाँट लिया था, महामन्त्री राक्षस को इस तस्करी का पता तक न चलने पाया था। चन्द्रगुप्त को गौण रूप से यह लाभ अवश्य हुआ कि स्वर्ण के लोभ में पड़कर राजकर्मियों में भ्रष्टाचार फैल रहा था जो मगध की शक्ति के टूटने का स्पष्ट संकेत था।

नियति के इस क्रम से चाणक्य चकित अवश्य था, लेकिन चिन्तित नहीं था।

यह नियति ! चाणक्य स्वयं इस नियति का भाग था। चाणक्य का समस्त जीवन उसके सामने था। पाटलिपुत्र की भरी सभा में मगध-सम्राट महापद्म नन्द द्वारा उसका अपमान, और उस अपमान के फलस्वरूप उसकी यह प्रतिज्ञा कि उसकी शिखा तभी बँधेगी जब वह नन्दवंश को समूल नष्ट कर देगा—क्या यह नियति का खेल नहीं था ?

और उसकी शिखा अवश्य बँधेगी—उसके अन्दर का यह अडिग विश्वास ! क्या यह भी नियति का तमाशा नहीं था ?

काशी से पाटलिपुत्र आकर यहीं अपना स्थायी निवास कर

लेनेवाले प्रकांड कर्मकांडी ब्राह्मण चंचरीक की ख्याति पाटलिपुत्र के जन में द्रुतगति से फैलने लगी। दिन में केवल एक बार प्रातःकाल चार घड़ी के लिए चंचरीक के दर्शन होते थे। स्वयं चाणक्य के गुप्तचर विभाग में केवल चार व्यक्ति ऐसे थे जिनका चाणक्य से सीधा सम्पर्क था और इन गुप्तचरों द्वारा वह प्रयाग में गंगा के उत्तरी तट पर बैठे हुए चन्द्रगुप्त को अपना आदेश देता रहता था। उसका तो पाटलिपुत्र में रहना आवश्यक था क्योंकि महापद्म नन्द की शक्ति पाटलिपुत्र नगर के अन्दर से ही नष्ट की जा सकती थी।

पाटलिपुत्र में आकर अपना नाम चंचरीक रखते समय चाणक्य कुछ मुस्कराया था—चाणक्य-चन्द्रगुप्त-चंचरीक ! क्या यह 'च' उसकी नियति से जुड़ा अक्षर नहीं है ? भ्रम की वह स्थिति जिसे उर्दू में वहम कहते हैं—मानव-समाज की स्थापना तथा उसके संचालन में सदा से उसका महत्त्वपूर्ण योगदान रहा है।

पाटलिपुत्र के साधारण पंडितों और ब्राह्मणों के साथ तो चाणक्य ने अपना सम्पर्क स्थापित कर लिया था, लेकिन कुछ दूरी पर स्थित नालन्दा विश्वविद्यालय से वह सतर्कतापूर्वक दूर रहा; वहाँ लोग उससे परिचित थे।

पाटलिपुत्र में मगध का राजवंश अत्यन्त सुरक्षित था मानो वह चारों ओर से लोहे की दीवारों से घिरा हुआ हो। लेकिन पाटलिपुत्र के पंडितों और ब्राह्मणों द्वारा पूजा जानेवाला चंचरीक अपने विशेष गुप्तचरों के सहारे बड़ी सूक्ष्मता से मगध-राजवंश की स्थिति का अध्ययन कर रहा था।

चाणक्य के एकाएक विलुप्त हो जाने से मगध के राजकुमारों का परामर्शदाता शकटार मन-ही-मन भयभीत और चिन्तित हो गया था। क्या चाणक्य काशी से दक्षिण दिशा में चला गया है या वह पश्चिम

दिशा में प्रयाग की ओर चला गया है ? मगध के गुप्तचरों द्वारा इस विषय का कोई समाचार मगध शासन के पास नहीं पहुँचा। शकटार उलझा हुआ था। चाणक्य पाटलिपुत्र नगर की सीमाओं के अन्दर हो सकता है, इस बात की उसने कल्पना ही नहीं की थी। उत्तर में श्रावस्ती, दक्षिण में श्रीवत्स और मध्य में अवध, उत्तर-पश्चिम में सांकस्य और दक्षिण-पश्चिम में ब्रज, सभी दिशाओं में मगध का शासन अत्यन्त कस गया था। महापद्म नन्द, उसके नौ राजकुमार और यहाँ तक कि महामन्त्री राक्षस भी इस सबसे आश्वस्त थे। दक्षिण-पूर्व में गरिमध्वज की अध्यक्षता में, मगध की सीमाओं से परे, मगध के लिए जो चुनौती उठ खड़ी हुई थी उसे महामन्त्री ने सैनिक कार्यवाही से नष्ट कर दिया था।

महापद्म नन्द के नौ राजकुमारों में ऊपर से तो उत्तराधिकारी की होड़ नहीं दिखती थी, लेकिन अन्दर-ही-अन्दर यह होड़ स्वयं उनके अनजाने चल रही थी। बुद्धिमान शकटार से वस्तुस्थिति छिपी नहीं थी। इस होड़ को समाप्त करने के लिए ही शकटार ने इन राजकुमारों को एक सूत्र में बँधे रहने की आवश्कयता पर बल दिया था। कुल और परम्परा के अनुसार ज्येष्ठ पुत्र ही उत्तराधिकारी होता है, यह स्पष्ट करके उसने सब राजकुमारों की स्वीकृति से ज्येष्ठ भ्राता पद्मकमल का मगध के युवराज के रूप में अभिषेक करके उसे महापद्म नन्द का उत्तराधिकारी घोषित कर दिया था।

लेकिन मुख्य प्रश्न तो चन्द्रगुप्त का था, जो अत्यन्त जटिल और उलझा हुआ था, चन्द्रगुप्त को उत्तराधिकारी से वंचित रखना केवल महापद्म नन्द की सामर्थ्य में था, उसके इन साधारण बुद्धिवाले नौ राजकुमारों की सामर्थ्य में नहीं था।

इन साधारण बुद्धिवाले राजकुमारों में भी अपनी-अपनी महत्त्वाकांक्षाएँ धीरे-धीरे सुलग रही थीं। लेकिन सुलग रही थी—इन महत्त्वाकांक्षाओं से भी अधिक इनके अन्दरवाली यौन-सम्बन्धी

शारीरिक भूख। इस भूख को शान्त करने के लिए एक से अधिक चतुर वारांगनाओं के दल उमड़ पड़े थे। लेकिन वारांगनाओं द्वारा इस शारीरिक भूख को शान्त करने का कार्यक्रम चलते रहना असंगत होने के कारण असम्भव था।

श्वेतकमल और नीलकमल के विवाह तो काश्मीर में बिना महापद्म नन्द की अनुमति के हो चुके थे और वे दोनों सुखी पारिवारिक जीवन व्यतीत कर रहे थे, अपनी पत्नियों और सन्तानों के साथ। महापद्म नन्द के सामने अब अपने ज्येष्ठ पुत्र पद्मकमल के विवाह का प्रश्न आया।

उत्तर में नेपाल का शक्तिशाली राज्य था, हिमालय पर्वतों के अंचल में जहाँ आर्यों और मंगोलो का संगम हुआ था। नेपाल-नरेश की पुत्री मधूलिका अत्यन्त रूपवती थी, महापद्म नन्द ने पद्मकमल का विवाह मधूलिका के साथ कर दिया। आर्यरक्त-मिश्रित मंगोलवंश की मधूलिका में अत्यन्त आकर्षक सौन्दर्य के साथ एक विचित्र उलझा हुआ मनोविज्ञान भी था। चंचल मछलियों के समान उसकी दो छोटी-छोटी आँखों में एक अत्यन्त आकर्षक चमक थी। कभी-कभी वह अत्यन्त शान्त और स्निग्ध लगती थी, कभी-कभी भयानक रूप से दहकती हुई। मधूलिका नेपाल-नरेश की एकमात्र सन्तान थी। नेपाल राज्य की उत्तराधिकारिणी होने के कारण उसे पूर्ण स्वतन्त्रता प्राप्त थी, और इस स्वतन्त्रता एवं यौवन के आवेग में वह अपने इर्द-गिर्द के स्वस्थ एवं सुन्दर युवकों के संसर्ग में रही थी। पद्मकमल के साथ विवाह हो जाने के बाद जब वह मगध के राजभवन में आई, उसके विकृतियों से युक्त जीवन में कुछ रोक-सी लगी। थोड़े दिनों तक वह मगध की भावी साम्राज्ञी एवं पद्मकमल की एकनिष्ठ पत्नी के रूप में रही, फिर एकाएक उसके संयम ने जैसे बाँध तोड़ दिया। पद्मकमल के दूसरे भाई पर और फिर चौथे भाई पर उसने बड़ी कुशलता से अपना अधिकार कर लिया।

महापद्म नन्द को अपने अन्तःपुर में चलनेवाले इस नाटक का पता ही नहीं था—कहीं से इस नाटक के विरोध का स्वर मुखरित ही न हुआ। लेकिन परिवार में चलनेवाले इस यौन-सम्बन्धी नाटक के प्रभाव से उसके कुमारों में कायरता के बीज गहरे पड़ गए थे। यौन-विकृतियों से युक्त परिवारों तथा समाजों में वीरता लुप्त हो जाती है, यह अकाट्य मनोवैज्ञानिक सत्य है, भारत का परवर्ती इतिहास इस सत्य का साक्षी है। वाम मार्ग, सखी सम्प्रदाय तथा ऐसे अन्य अनेक मतों के कारण भारत को लम्बी गुलामी झेलनी पड़ी है—इस सत्य को नकारना असम्भव है।

एक स्त्री—मधूलिका—के कारण नन्दवंश की समस्त गरिमा नष्ट हो गई थी। इस नाटक के दर्शक थे अन्तःपुर के दास और दासी। इन दास-दासियों द्वारा इस नाटक के समाचार टूटे-फूटे शब्दों में, दबे-दबे महापद्म नन्द के अन्तःपुर के बाहर पहुँच रहे थे।

इन समाचारों से कहीं अधिक महत्त्वपूर्ण समाचार था महापंडित और कर्मकांडी ब्राह्मण चंचरीक के पाटलिपुत्र में आगमन का। उसके आगमन का समाचार यदि नालन्दा विश्वविद्यालय में न पहुँचता तो आश्चर्य की बात होती। अपने नाम और गुणों के अनुरूप आचार्य धर्मरक्षित का शिष्य निरूपक बिना धर्मरक्षित को सूचना दिए विलक्षण महापंडित को देखने तथा उससे बात करने के लिए निकल पड़ा।

चंचरीक को देखते ही निरूपक चौंक उठा। उसकी आँखों को जैसे विश्वास ही नहीं हो रहा था। तो चंचरीक के रूप में चाणक्य पाटलिपुत्र में आ चुके हैं ! और चाणक्य ने भी निरूपक को पहचान लिया। संकेत से चाणक्य ने निरूपक को रोककर एकान्त में उससे नालन्दा विश्वविद्यालय के सम्बन्ध में बातें कीं। निरूपक से इस तरह अपनी आत्मीयता स्थापित करके उसके कन्धे पर हाथ रख चाणक्य ने कहा, "पाटलिपुत्र में मेरी उपस्थिति का पता तुम आचार्य

धर्मरक्षित तक को न देना, तुम्हारे सहयोगियों की बात तो दूर रही—इसका तुम वचन दो।"

आत्मीयता से युक्त अधिकार की जो भावना चाणक्य के स्वर में थी, निरूपक उससे दब गया, उसने चाणक्य के चरण छूकर कहा, "आचार्य का आदेश शिरोधार्य है।"

अपने कुतूहल में सहज भाव से दूसरों को सम्मिलित कर लेने की जो मानवीय प्रवृत्ति है, उस प्रवृत्ति पर निरूपक विजय न प्राप्त कर सका। उसने आचार्य धर्मरक्षित को पाटलिपुत्र में चाणक्य की उपस्थिति का पता दे दिया।

नन्द के अन्तःपुर में मधूलिका द्वारा व्याप्त यौन-व्यतिक्रम का छुट-पुट समाचार टूटे-फूटे ढंग से अन्तःपुर के बाहर आ रहा था, इसका उल्लेख किया जा चुका है। यह नहीं कि यह समाचार महापद्म नन्द तक न पहुँचा हो, लेकिन वह अब अपने को भयानक रूप से विवश अनुभव कर रहा था। महामन्त्री राक्षस का आत्मविश्वास भी अब बुरी तरह डिगने लगा था। उसके हाथ में केवल इतना था कि वह पाटलिपुत्र की बहिर-व्यवस्था पर ध्यान रखे और नियति के क्रम को तटस्थ रूप से स्वीकार कर ले। वह अपने काम में लग गया।

राक्षस ने काशी से अपनी सेनाएँ बुला लीं और इस तरह काशी की अखंड सत्ता एवं पवित्रता फिर स्थापित कर दी। उसे यह समाचार विश्वस्त सूत्र से प्राप्त हो चुका था कि गरिमध्वज की अध्यक्षता में चन्द्रगुप्त का अभियान दक्षिण में विन्ध्यप्रदेश की तरफ मगध से लगी हुई तराई में बढ़ता जा रहा है।

महामन्त्री राक्षस को न चन्द्रगुप्त के प्रति किसी तरह की रुचि थी, न उसके प्रति किसी तरह की वितृष्णा थी। वैसे **उसके** मन में चन्द्रगुप्त के प्रति एक तरह की सहानुभूति ही **थी** क्योंकि मन-ही-मन वह चन्द्रगुप्त को मगध साम्राज्य का उत्तराधिकारी स्वीकार कर चुका

था। काशी को अपनी सेनाओं से युक्त करने में उसका उद्देश्य यह था कि चन्द्रगुप्त काशी में आकर अपनी सत्ता स्थापित कर ले। और उसका अनुमान सही सिद्ध हुआ, चन्द्रगुप्त ने काशी में अपना पड़ाव डाल लिया था।

दसवाँ परिच्छेद

पाटलिपुत्र में बैठा हुआ चाणक्य प्रतीक्षा कर रहा था।

यह प्रतीक्षा—मनुष्य का अधिकांश जीवन इस प्रतीक्षा का जीवन है। और प्रतीक्षा का दूसरा नाम है अकर्मण्यता !

इसी अकर्मण्यता को दूर करने के लिए भगवान् कृष्ण ने कर्मवाद का सिद्धान्त प्रतिपादित किया है। वैसे अर्जुन को कृष्ण द्वारा गीता का उपदेश मोह और मोहजनित ऊहापोह से छुटकारा पाने के लिए दिखता है, लेकिन यह केवल ऊपर से; अन्दर से सूक्ष्मता के साथ देखा जाए तो इस मोह-जनित ऊहापोह का मुख्य अवयव है प्रतीक्षा।

प्रतीक्षा मनुष्य की विवशता की स्थिति का परिणाम है। लेकिन प्रतीक्षा में विवशता के परिणामस्वरूप घुटन से युक्त निराशा के स्थान पर आशा की जीवन-दायिनी रहती है। चंचरीक ने विवशता की धूमिल छाया को दूर करने के लिए अपने मन-बहलाव के निमित्त ज्योतिष का धन्धा अपना लिया था।

ज्योतिष के दो अंग हैं, गणित और फलित। गणित ज्योतिष

शास्त्र है, अनादिकाल से मनुष्य आकाश के नक्षत्रों से उलझा रहा है; लेकिन फलित ज्योतिष मनुष्य पर ग्रहों के प्रभाववाले शास्त्र से सम्बद्ध होने के कारण एक धन्धा बन गया था और कालान्तर में यह फलित ज्योतिष छल-कपट और धोखा-धड़ी से भरा धन्धा ही रह गया। आकाश की ओर देखने की स्वाभाविक प्रवृत्ति है मानव में—उसके पैरों के नीचे तो है ठोस धरती और उसके सिर के ऊपर है अनन्त और निःसीम आकाश। इस आकाश के साथ मनुष्य का आदिकालीन सम्बन्ध है। मनुष्य ने अपनी गणना करने की प्रक्रिया को आकाश में फैले हुए ग्रह-उपग्रहों के असीम जाल में उलझा लिया है।

मानव-समाज जितना अधिक विकसित होता जाता है, उसके विचारों और कर्मों की प्रक्रिया उतनी ही जटिल होती जाती है। विचारों और कर्मों की इस प्रक्रिया में मानव की विकृतियाँ भी स्वाभाविक रूप से प्रविष्ट होती रहती हैं, और मानव की विकृतियों के प्रसार का एक ज्वलन्त रूप है—फलित ज्योतिष का प्रसार। अनादिकाल से मनुष्य धोखा-धड़ी और जाल-फरेब को अपनाए हुए है। अपनी विवशताजनित अकर्मण्यता को दूर करने के लिए चंचरीक ने अपने तथाकथित पांडित्य पर फलित ज्योतिष का जामा ओढ़ लिया था।

जिसे हम अंग्रेजी में 'ला ऑफ एवरेजेज़' यानी औसत का सिद्धान्त कहते हैं, वह इस फलित ज्योतिष के सिद्धान्त का आधारमूल तत्त्व है। हम जो कुछ सोचते या अनुमान करते हैं उसका पचास प्रतिशत सही उतरता है, पचास प्रतिशत गलत उतरता है। गलत उतरनेवाले को दबाकर सही उतरनेवाले के प्रचार को गुणा की प्रक्रिया द्वारा सर्व-व्यापक बना दिया जाता है। फलित ज्योतिष के धन्धे का यही मूल तत्त्व है।

चंचरीक ने मानव-मनोविज्ञान की इसी प्रक्रिया का सहारा

लिया। प्रतीक्षा की घड़ियों में मनुष्य के मन-बहलाव का यह सबसे अधिक उपयुक्त साधन है। ज्योतिषी के रूप में चंचरीक की ख्याति बढ़ते-बढ़ते महापद्म नन्द के अन्तःपुर में भी पहुँच गई।

मधूलिका युवराज पद्मकमल के जीवन में वरदान के स्थान पर अभिशाप बनकर आई थी। पद्मकमल को मधूलिका को अपने जीवन से दूर करने का एक उपाय सूझा—अपना दूसरा विवाह करके वह मधूलिका का परित्याग कर दे। मगध-सम्राट के उत्तराधिकारी के साथ अपनी कन्याओं के विवाह के लिए आसपास के कितने ही छोटे-छोटे नरेश उत्सुक थे।

भारत के उत्तर-पूर्व का यह अंचल जिसे कामरूप के नाम से जाना जाता है, स्त्रियों के सौन्दर्य और सौन्दर्यजनित मोहिनी के लिए प्रसिद्ध रहा है। कुछ समय पहले तक यह किंवदन्ती प्रचलित थी कि कामरूप जानेवाले भारतीय को वहाँ की स्त्रियाँ अपनी मोहिनी के वशीकरण से मेड़ा बनाकर बन्दी बना लेती हैं। वास्तविकता यह है कि वहाँ पुरुषों की कमी थी, और जो पुरुष वहाँ थे वे अकर्मण्य और पौरुषहीन थे—आराम का जीवन व्यतीत करनेवाले।

कामरूप-नरेश के पास जब युवराज पद्मकमल का उसकी पुत्री के साथ विवाह का प्रस्ताव पहुँचा, उसने तत्काल उसे स्वीकार कर लिया। उसकी पुत्री के साथ पद्मकमल का विवाह निश्चित हो गया।

मंगोलवंश की मधूलिका ने जब यह समाचार सुना, वह भयभीत हो उठी। स्वयं मंगोलवंश की होने के कारण वह वहाँ की स्त्रियों की कुटिल बुद्धि तथा मोहिनी को अच्छी तरह जानती थी। उस विवाह से मगध-नरेश के अन्तःपुर से उसका एकछत्र शासन समाप्त हो जाएगा—इस आशंका से वह चिन्तित हो उठी।

भारत में पुरुषों के बहु-विवाह की प्रथा प्रचलित थी। मधूलिका जानती थी कि स्त्रियों के वय प्राप्त कर लेने के बाद उनका अपने पतियों पर प्रभाव घटने लगता है और वय में कम स्त्रियाँ उनका

स्थान ले लेती हैं। वह इस बात से आशंकित हो उठी कि पद्मकमल के इस विवाह के बाद वह दूध की मक्खी की भाँति पद्मकमल के जीवन से निकाल फेंकी जा सकती है। अपनी चरित्रहीनता से उसने नन्द के अन्तःपुर में स्वयं अपने लिए यह स्थिति उत्पन्न कर ली थी।

मधूलिका की एक दासी थी, जिसका नाम बीथिका था। बीथिका नेपाल से ही मधूलिका के साथ आई थी और वह मधूलिका की दासी होने के साथ-साथ उसकी सहेली भी थी। यह कहना कठिन है कि वह मधूलिका से कम रूपवती थी। मधूलिका की समवयस्का होने के कारण इन दोनों में कुछ विचित्र सामंजस्य था।

दासी होने के कारण मगध के अन्तःपुर के बाहरवाले जगत् से बीथिका का सम्पर्क था। चंचरीक नाम के ज्योतिषी का समाचार उसके कानों तक पहुँचा। मधूलिका का हित बीथिका का हित बन चुका था, बीथिका ने चंचरीक की अद्भुत शक्तियों का बखान मधूलिका से किया, और आपस में परामर्श करके बीथिका के साथ मधूलिका चंचरीक की कुटी में पहुँची। अपने यहाँ मधूलिका के आने का समाचार पाकर चंचरीक को आश्चर्य नहीं हुआ, सम्भवतः मधूलिका से सम्पर्क स्थापित करने के लिए ही चंचरीक ने यह ज्योतिष का नाटक रचा था। मधूलिका के आने का समाचार पाकर उसने अपनी कुटी खाली करा ली, वह एकान्त में मधूलिका से मिला।

गम्भीर स्वर में चंचरीक ने कहा, "मगध की भावी साम्राज्ञी ने इस अकिंचन को दर्शन देने का कष्ट उठाया है, इस सौभाग्य से चंचरीक धन्य है। कारण जानने की उत्सुकता को क्षमा करेंगी आप !"

उत्तर बीथिका ने दिया, "मगध की भावी साम्राज्ञी की स्थिति संकट में है। मगध के युवराज अर्थात् भावी सम्राट अपना दूसरा विवाह रचा रहे हैं। भावी साम्राज्ञी आपके समक्ष आई हैं यह जानने के लिए कि क्या यह विवाह सुनिश्चित है या इसे रोके जाने की कोई

सम्भावना है ?"

मधूलिका चंचरीक पर अपनी आँखें गढ़ाए मौन भाव से खड़ी थी। लेकिन, चंचरीक ने अनुभव किया, मधूलिका की आँखों में तीव्र चमक है, जैसे वे जल रही हों।

शान्त भाव से चंचरीक ने ज्योतिष के हथकंडे में उत्तर दिया, "विश्व में जो कुछ है वह सब अनिश्चित है। निश्चित है केवल नियति का विधान, जिसका ज्योतिषशास्त्र में संकेत-भर है, निश्चित रूप से कुछ भी नहीं है।"

चंचरीक ने परिलक्षित किया कि मधूलिका के मुख का तनाव कुछ ढीला पड़ा है। थोड़ा रुककर चंचरीक ने मधूलिका को सम्बोधित किया, "मगध की भावी साम्राज्ञी, आप अपनी मानसिक उथल-पुथल और असन्तुलन को दूर करके अपनी बात मुझसे स्वयं कहें--आपको समाधान मिलेगा।"

अनुशासनवाले अपने स्वाभाविक रूप में कठोर स्वर को कुछ कोमल बनाते हुए मधूलिका बोली, "कामरूप की उस राजकुमारी से, जिसके साथ मेरे पति विवाह करनेवाले हैं, मुझे भय लगता है। मगध के अन्तःपुर में आते ही वह युवराज पर अपना एकाधिकार कर लेगी।"

"भय की तो कोई ऐसी बात नहीं होनी चाहिए। आप अपने अन्तःपुर में पटरानी रहेंगी। इसका उल्लेख रामकथा, कृष्णकथा और अन्य महत्त्वपूर्ण पौराणिक कथाओं में मिलता है, जिनसे आप परिचित होंगी।"

"वे सब कथाएँ मनगढ़न्त हैं--स्त्रियों को धोखा देने के लिए ही उन कथाओं का प्रचार किया गया है।" बीथिका बोली, "हम जानती हैं कि पुरुष-प्रधान आर्य जाति के समाज में स्त्री का स्थान बड़ा दयनीय होता है।"

किंचित् कठोर स्वर में चंचरीक ने कहा, "मैं मगध की भावी

साम्राज्ञी से बात कर रहा हूँ, उनकी दासी से नहीं।"

मधूलिका एक झनझनाती हुई हँसी हँस पड़ी—"दासी-दासी-दासी ! स्त्री पुरुष की दासी-भर होती है। वह झिड़की जा सकती है, डाँटी जा सकती है। और समय-समय पर ठोंकी-पीटी जा सकती है—यही है न आर्यों का पुरुष-समाज ! ज्योतिषीजी, मैं आपके सम्मुख आई हूँ पुरुष की दासी, निरीह स्त्री के रूप में नहीं, मगध-साम्राज्य की भावी साम्राज्ञी के रूप में। मुझे दिखता है कि मुझे आपसे कोई निदान नहीं मिल सकेगा, इसलिए हम लोग जा रही हैं।"

और मधूलिका बीथिका के साथ वहाँ से जाने के लिए घूम पड़ी।

चंचरीक ने अनुभव किया कि उसके अन्दरवाले बौद्धिक प्राणी से कुछ असावधानी हो गई है। घूमकर जाती हुई मधूलिका को रोकते हुए उसने कहा, "मगध की भावी साम्राज्ञी के प्रति मैं क्षमाप्रार्थी हूँ। असावधानी से युक्त मेरी अभद्रता पर आप ध्यान न दें, स्त्रियों के प्रति यह अभद्रता तो आर्यजाति का स्वभाव है, आप स्वयं यह कह चुकी हैं। ज्योतिषी के रूप में आपका समाधान करने के लिए मैं प्रस्तुत हूँ।"

मधूलिका द्वार से लौट आई। चंचरीक के अन्दरवाला नीति और मनोविज्ञान में पटु पंडित जैसे सहसा जाग उठा। वह ताड़ गया कि पद्मकमल का दूसरा विवाह न होने पाए, मधूलिका इसके लिए कृत-संकल्प है, और इतने थोड़े समय में उसने यह भी अनुभव कर लिया कि दुनिया में कोई बात ऐसी नहीं है जो मधूलिका न कर सके, झूठ और जाल-फरेब से लेकर किसी की हत्या तक।

अपनी उँगलियों पर हाथ फेरकर गणना का नाटक करते हुए चंचरीक ने कहा, "ग्रह-नक्षत्रों की वर्तमान स्थिति से मुझे इस निर्णय पर पहुँचना पड़ता है कि युवराज पद्मकमल का दूसरा विवाह न हो सकेगा।"

जैसा अभी कहा जा चुका है, चंचरीक के मन में यह धारणा दृढ़ हो गई थी कि मधूलिका में भयानक-से-भयानक अपराध-वृत्ति है, और उसकी यह वृत्ति मधूलिका से सबकुछ करा सकती है। उसने मधूलिका को उत्तर देने का समय न देकर अपनी ही बात आगे बढ़ाई, "युवराज पद्मकमल में अपने पिता महापद्म नन्दवाली दृढ़ता और संकल्प है। जहाँ तक चरित्र के अध्ययन का प्रश्न है, ज्योतिषशास्त्र इस विषय पर मौन है। तो मैं यह नहीं कह सकता कि युवराज पद्मकमल का दूसरा विवाह किस तरह रुकेगा, लेकिन वह रुकेगा अवश्य !"

दाँत पीसती हुई मधूलिका कह उठी, "वह विवाह उसकी मृत्यु से रुकेगा।" अपनी उत्तेजना में मधूलिका पूर्ण रूप से असावधान हो गई थी।

चंचरीक ने अपने अन्दर एक अजीब तरह का सन्तोष अनुभव किया कि मानव मनोविज्ञान का एक नया सूत्र उसके हाथ लग गया है। यह मानव-मनोविज्ञान अथाह है। अपनी समस्त बौद्धिकता से युक्त होते हुए भी वह इस मानव-मनोविज्ञान के क्षेत्र में अनाड़ी ही है।

चंचरीक ने उठकर अपने आसन के सामने एक और आसन बिछा दिया, उसने अपने स्वर में विनय और कोमलता भरकर कहा, "न जाने क्यों मेरे अन्दर साम्राज्ञी के प्रति एक प्रकार की आत्मीयता जाग उठी है, आप आसन ग्रहण करें, हम दोनों की बातें किसी तीसरे व्यक्ति तक न पहुँच सकेंगी—मैं अपना यज्ञोपवीत हाथ में लेकर आपको वचन देता हूँ। आपकी दासी बीथिका इस बातचीत में तीसरा व्यक्ति होगी—वह आपकी अति विश्वस्त और अविलग सहेली भले ही हो। वह इस वार्तालाप के अवसर पर यहाँ रहे या न रहे, इसका निर्णय आप स्वयं लें।"

मधूलिका के अन्दरवाला तनाव चमकते हुए सूर्य के सामने

हिम की भाँति गल गया। उसने कहा, "बीथिका मेरी छाया की भाँति सदा मेरे साथ रहती है, लेकिन एक ऐसा प्रकाश भी होता है जिसमें छाया तक लुप्त हो जाती है। कुछ ऐसा ही प्रकाश मैं आपमें देख रही हूँ।" फिर उसने बीथिका से कहा, "तुम कुटी के बाहर कुछ हटकर बैठो, जहाँ हम दोनों की बातचीत की भनक तक तुम्हें न मिले।"

सिर झुकाए हुए बीथिका वहाँ से चली गई।

और अब जैसे मधूलिका चंचरीक के आगे नंगी हो गई। औपचारिकता का हरेक वस्त्र जो वह ओढ़े हुए थी, उसने अपने ऊपर से उतार फेंका। मधूलिका ने जमकर अपना आसन ग्रहण किया।

बीथिका के बाहर जाने के बाद चंचरीक ने कहा, "पद्मकमल की मृत्यु के बाद उसका छोटा भाई चक्रकमल मगध-साम्राज्य का उत्तराधिकारी होगा। उसकी पत्नी मगध की साम्राज्ञी बनेगी। तब आपकी स्थिति क्या होगी ? क्या आपने इस पर भी ध्यान दिया है ?"

"चक्रकमल का विवाह होगा ही नहीं। वह पूरी तरह मेरे वश में है।" कहकर मधूलिका कुटिल भाव से मुस्कराई।

मधूलिका के इस कथन में निहित उसके नितान्त घृणित और क्रूर मनोभावों से चंचरीक सिर से पैर तक सिहर उठा। लेकिन चंचरीक की प्रतिक्रिया जानने के प्रति मधूलिका नितान्त उदासीन थी। वह विस्तार के साथ अपनी बात कहती रही—"छल, प्रपंच, झूठ—नारी में ये गुण या अवगुण रक्षात्मक प्रवृत्तियों के रूप में हैं, पुरुष इसका अनुभव ही नहीं कर पाता, क्योंकि वह समर्थ और सक्षम है। अपने अवैध शिशु का गला घोंटकर उसकी हत्या कर देना, अवैध प्रेमी के मोह में अपने वैध पति की हत्या कर देना—अनादि काल यह चलता आया है और अनन्त काल तक यह चलता रहेगा।"

चंचरीक ने उत्तर दिया, "यह सब नियम न होकर अपवाद के

उदाहरण हैं। नियम तो यह कहता है कि नारी मुख्य रूप से माता है—जननी है, असीम त्याग और बलिदान से युक्त ! मानव-समाज में ही नहीं, पशुओं और पक्षियों में भी नारी सृजन का नियम पालन करती है—नारी के बिना सृजन असम्भव है। मेरी आपको सीख है कि आप सृजन का गुण अपनाएँ और अपनी विकृतियों का परित्याग करें।''

केवल एक कठोर ऐंठन दिखी मधूलिका के मुख पर चंचरीक को। जो आवरण उसने अपने व्यक्तित्व से उतार फेंके थे, वे सब फिर लौट आए। वह सहसा जाने की मुद्रा में उठ खड़ी हुई।

चंचरीक भी उठ खड़ा हुआ। मधूलिका के पीछे-पीछे वह कुटी के द्वार तक आया और बाहर जाती मधूलिका को खड़ा-खड़ा तब तक देखता रहा, जब तक वह उसकी दृष्टि से ओझल नहीं हो गई।

और अपनी दृष्टि से मधूलिका के ओझल हो जाने के बाद उसे लगा कि एक पिशाचिनी उसके पास आई थी और वह पिशाचिनी अपनी भूमिका निबाहेगी। मनुष्यों का शरीर धारण किए न जाने कितने पिशाचों और पिशाचिनियों की आत्माएँ इस विश्व को दूषित करती हुई भटक रही हैं।

ग्यारहवाँ परिच्छेद

कहाँ क्या हो रहा है, किस तरह हो रहा है—महामन्त्री राक्षस को इसका पता तो था, लेकिन यह सब क्यों हो रहा है, इसका पता न था। राक्षस को मानव-मनोविज्ञान की अच्छी-खासी पकड़ थी, लेकिन वह अपने कामकाज में बेतरह उलझा हुआ था; विशाल मगध-साम्राज्य के राजकाज को वह अकेला सँभाल रहा था। चाणक्य को राक्षस की इस विलक्षण प्रतिभा पर आश्चर्य था। उसे अनुभव हो रहा था कि नन्दवंश के विनाश के प्रश्न पर उसका संघर्ष महामन्त्री राक्षस से अधिक है, महापद्म नन्द अथवा अन्य किसी व्यक्ति से उतना नहीं है।

नन्दवंश को समूल नष्ट करके अपनी खुली हुई शिखा बाँधने की उसकी प्रतिज्ञा ! क्या वह क्षणिक आवेश में नहीं हुई थी ? या वह प्रतिज्ञा करते समय आदि-रूपा शक्ति की प्रेरणा उसकी वाणी में मुखर हो उठी थी ?

नियति ! ब्रह्मा, विष्णु, महेश—ये देवता इस नियति के विभाजित रूप-भर हैं। नियति स्वयं में मानव की कल्पना से परे है।

स्थूल मानव अपनी सूक्ष्म बुद्धि द्वारा कल्पना का आश्रय लेकर कर्मरत है।

चाणक्य कहाँ लोप हो गया ? कैसे लोप हो गया ? सीधी-साधी बुद्धिवाले महामन्त्री राक्षस ने न इस पर सोचा और न उसने इस पर सोचने की इच्छा की। लेकिन वह यह अवश्य अनुभव कर रहा था कि तक्षशिला से आया हुआ वह क्रोधी और हठी ब्राह्मण, उसमें कोई अलौकिक प्रतिभा और क्षमता थी। उस प्रतिभा और क्षमता पर मनन करने का उसके पास समय नहीं था। निरन्तर कर्म में रत रहनेवाले व्यक्ति के मार्ग में यह चिन्तन-मनन, यह ऊहापोह प्रतिपल उत्पन्न होने और दूर होनेवाली बाधा-भर है, भगवान कृष्ण के कर्मवाद का यही मूल तत्त्व है।

मानव की शारीरिक भूख के समानान्तर ही जिसे हम अंग्रेजी में इंस्टिक्ट कहते हैं, और हिन्दी में जिसका पर्याय न होने के कारण हम जिसे सहज बुद्धि या अन्तःप्रेरणा कह सकते हैं, वह मनुष्य में अविलग ढंग से काम कर रही है। महामन्त्री राक्षस में यह अन्तःप्रेरणा सक्रिय थी। उसकी अन्तःप्रेरणा जब-तक उससे कह देती थी कि चाणक्य के साथ बौद्धिक संघर्ष में वह अन्ततोगत्वा पराजित होगा। लेकिन कर्मवाद पर अपने अडिग विश्वास को लिए हुए महामन्त्री राक्षस अडिग और अविचलित था।

जहाँ तक नन्द-वंश के आन्तरिक संघर्षों का प्रश्न था, उनका आभास महामन्त्री राक्षस को था, और इस आभास के कारण ही पाटलिपुत्र में अचानक प्रकट होनेवाले पंडित और ज्योतिषी चंचरीक के प्रति वह सतर्क हो गया था। उसके गुप्तचरों ने बिना चंचरीक के जाने हुए चंचरीक की कुटी के चारों ओर अपना जाल बिछा दिया था। चंचरीक की कुटी में बीथिका के साथ मधूलिका के जाने का समाचार उसे प्राप्त हो चुका था, लेकिन जिस प्रेरणा को साथ लेकर मधूलिका चंचरीक की कुटी में गई थी, उसका ज्ञान उसे नहीं था।

उसका अनुमान-भर लगाया जा सकता था, लेकिन अनुमान में उलझ जाना महामन्त्री राक्षस के जीवन-क्रम में नहीं था।

नियति एक अनजाने और विचित्र ढंग से उसका साथ दे रही है, चंचरीक को यह अनुभव हो रहा था। यह वह नन्द-वंश के विनाश में स्वयं ही नियति का भाग तो नहीं है ? और तभी उसे नन्द के अन्तःपुर से मिलनेवाले समाचारों में एक समाचार यह मिला कि पद्मकमल को ज्वर हो आया है और कुशल वैद्यों द्वारा उसके उपचार की व्यवस्था भी कर दी गई है। लेकिन आश्चर्य की बात यह थी कि ज्वर हलका तो पड़ गया था लेकिन वह जा नहीं रहा था—उस ज्वर के कारण अन्तःपुर में चिन्ता का वातावरण बना हुआ था। चंचरीक को मधूलिका का वह कथन याद हो आया—'पद्मकमल का दूसरा विवाह किसी हालत में नहीं होगा।'

राजवैध के उपचार से ऊपरी तौर पर ज्वर तो चला गया, लेकिन पद्मकमल इस ज्वर के कारण इतना निर्बल पड़ गया कि उसका दूसरा विवाह तब तक के लिए स्थगित कर देना पड़ा जब तक वह पूर्ण रूप से स्वास्थ्य-लाभ न कर ले।

उधर प्रयाग में बैठकर चन्द्रगुप्त ने अपनी सेना को पुनर्गठित कर लिया था। प्रयाग से अपनी सेना लेकर वह काशी के दक्षिणी अंचल में आ गया, गंगा से प्रायः तीन-चार कोस की दूरी पर।

काशी के उत्तर में श्रावस्ती का प्रदेश हिमालय पर्वतों की तराई तक फैला हुआ था। इसी श्रावस्ती के प्रदेश में बैठकर भगवान् बुद्ध ने और भगवान् महावीर ने अपने-अपने मतों का प्रचार किया था। काशी के पश्चिम में तो आर्यकालीन यज्ञों एवं पशुबलिवाला वैदिक धर्म जड़ जमाए हुए थे, अहिंसा को आधार बनाकर नवीन मतों का प्रचार एवं प्रसार दक्षिण और पूर्व में ही सम्भव था। मगध के उत्तर

में मिथिला का प्रदेश था जो हिमालय की तराई से मिला हुआ समतल और अत्यन्त उर्वर तथा सम्पन्न अंचल था और वहाँ शाक्तमत वैदिक मत से युक्त होकर अपनी निजी परम्परा स्थापित किए हुए था। फिर ये उत्तर और पूर्व के अंचल प्रबुद्ध आर्यों से युक्त होने के कारण शक्ति-सम्पन्न थे और इन्हीं प्रदेशों के बल पर मगध का शासन स्थिर था। इन प्रदेशों में ही विद्रोह के बीज बोने से मगध की शक्ति का ह्रास सम्भव था, चाणक्य ने यह अनुभव किया। उसने चन्द्रगुप्त को सन्देश भिजवाया कि छद्म-वेश में वह श्रावस्ती जाकर मगध के अन्दर ही विद्राह की सम्भावना का पता लगाए।

वह अकेला आदमी चाणक्य, एक शक्तिहीन और साधनहीन चन्द्रगुप्त नाम के नवयुवक को लेकर मगध के विशाल और शक्ति-सम्पन्न साम्राज्य से टक्कर ले रहा था। मनुष्य इतिहास का सृजन करता है, चाणक्य इसी क्रम में इतिहास का सृजन कर रहा था। चन्द्रगुप्त को श्रावस्ती से निराश और असफल लौटना पड़ा। राक्षस की सुव्यवस्था के कारण कहीं भी विद्रोह की सम्भावना उसे नहीं दिखी। और चाणक्य को हारकर अन्त में गरिमध्वज की सहायता से दक्षिण-पूर्व के मार्ग से होकर मगध में प्रवेश का अति कठिन कार्यक्रम अपनाना पड़ा।

क्या मनुष्य की आन्तरिक अवस्था मनुष्य के बाहरी वातावरण को प्रभावित कर सकती है ? नीतिशास्त्र की यह महत्त्वपूर्ण समस्या है। चाणक्य नीतिशास्त्र का प्रणेता होने के क्रम में इसका अध्ययन कर रहा था।

पद्मकमल की बीमारी से मगध के अन्तःपुर में इतनी हलचल नहीं मच रही थी जितनी जन-मानस में मच रही थी। मगध का उत्तराधिकारी व्याधि से ग्रस्त है, जन को इसकी चिन्ता थी।

तीन मास की लम्बी बीमारी से ग्रस्त पद्मकमल एक दिन प्रातःकाल सोकर उठा। उस दिन उसका मन हलका था और वह

अतीव प्रसन्न दिख रहा था। उसने स्वयं मगध-सम्राट महापद्म नन्द को अपने पास बुला भेजा। अपने राजकर्मियों को उसने एकत्रित किया। अन्तःपुर के सभी सदस्य—पुरुष अथवा स्त्री—वहीं खड़े थे। सबके एकत्र होने पर उसने कहा, "मेरा अन्तिम समय आ गया है। पिताजी, आपने एक पिशाचिनी के साथ मेरा विवाह करके आपने अनजाने ही मेरी मृत्यु में सहयोग दिया है। मैं स्वाभाविक रूप से नहीं मर रहा हूँ, मेरी हत्या की जा रही है, मेरी पिशाचिनी पत्नी मधूलिका द्वारा।"

मधूलिका चीख उठी, "यह सब मिथ्या है।"

पद्मकमल में जैसे सहसा असीम बल आ गया हो, वह बोल उठा, "छल-कपट—मिथ्या से युक्त इस दुराचारिणी ने मेरी हत्या की है। मरने से पहले मगध का युवराज इस दुराचारिणी को दंड देगा।" और वह अब तनकर खड़ा हो गया।

स्तब्ध-से सब लोग मधूलिका को देख रहे थे। वह वहाँ से भागने के उपक्रम में थी। पद्मकमल ने कहा, "यह पिशाचिनी भागने न पावे—मैं यह आज्ञा देता हूँ। इसे पकड़कर मेरे सामने लाया जाए।"

वहाँ उपस्थित राजकर्मियों ने मधूलिका को दबोच लिया । वह चीख रही थी, चिल्ला रही थी। फिर उसे न जाने क्या हुआ, वह स्वयं तनकर पद्मकमल के सामने खड़ी हो गई, "दंड दोगे मुझे—मेरी हत्या करके, लेकिन मेरी प्रेतात्मा तुम्हारी प्रेतात्मा को सदा प्रताड़ित करती रहेगी।"

उसी समय पद्मकमल ने अपने खड्ग से, जो सदा उसके पास रहता था मधूलिका के गले पर भरपूर प्रहार किया, मधूलिका का सिर कटकर भूमि पर लोटने लगा।

फिर पद्मकमल ने शान्त भाव से कहा, "प्रेतात्मा ! पिशाचों की प्रेतात्मा का क्रम है निरन्तर भटकते रहना, मेरी आत्मा का वह अहित

न कर सकेगी।"

पद्मकमल ने फिर महापद्म नन्द को प्रणाम किया, और इस अन्तिम प्रणाम के बाद वह लुढ़ककर गिर पड़ा।

तत्काल राजवैध ने उसकी नाड़ी देखी और उसने घोषित कर दिया, "युवराज को परमगति प्राप्त हो गई है।"

उस समय बीथिका सहमी हुई-सी यह सब देख रही थी, लेकिन उसकी ओर किसी ने ध्यान नहीं दिया। एक भयानक लोमहर्षक नाटक के दुखान्त के समय किसी ने बीथिका की ओर देखने की आवश्यकता ही नहीं समझी।

पद्मकमल की अन्त्येष्टि क्रिया होने के पहले उसके दूसरे भाई चक्रकमल का युवराज के रूप में अभिषेक किया गया, और इसके बाद महापद्म नन्द अपने कक्ष में लौटा। अचेत होकर वह अपनी शैया पर लुढ़क पड़ा।

मगध का महामन्त्री राक्षस भी, जो वहाँ उपस्थित था, स्थिर गति से अपने कार्यालय में लौट गया, लौटते ही उसने पाटलिपुत्र के समस्त राज्य कार्यालयों को नौ दिन तक बन्द रहने का आदेश दे दिया।

बीथिका को सहसा यह अनुभव हुआ कि वह बहुत बड़े संकट में है। उस भयानक और लोमहर्षक नाटक के अवसर पर तो किसी का उसकी ओर ध्यान नहीं गया, लेकिन मधूलिका की अन्तिम छाया के रूप में स्थिर रहनेवाली बीथिका पर किसी समय प्रतिशोध का वज्रपात हो सकता है। न जाने कब वह राजवंश की कोपभाजन बन जाए।

उसने अपने आभूषण बटोरे—एक थैली में उन आभूषणों को रखकर उसने थैली अपने गले में बाँधी, अपने पासवाली कुछ

स्वर्ण-मुद्राएँ कमर में खोंसीं, एक साथ मिलाकर दो साड़ियाँ पहनीं, और सब लोगों की दृष्टि बचकर वह राजभवन से निकल पड़ी।

उसकी समझ में नहीं आ रहा था कि वह कहाँ जाए। नेपाल जाने का मार्ग लम्बा और अरक्षित था। मधूलिका के व्यक्तित्व में अपने व्यक्तित्व को लय करके उसने न किसी अन्य को अपना बनाया और न वह स्वयं किसी अन्य की हो सकी। न उसका कोई हितैषी था, न कोई सहायक। उसकी दृष्टि में केवल एक व्यक्ति ऐसा था जिसकी वह सहायता ले सकती थी, और वह था चंचरीक। चंचरीक की गम्भीरता, उसके व्यक्तित्व से वह बेतरह प्रभावित हुई थी, मन-ही-मन वह चंचरीक की बन चुकी थी। वह चंचरीक की कुटी में आई।

राजभवन में पद्मकमल की मृत्यु के सन्दर्भ में जो कुछ हुआ था, उसने विस्तार के साथ चंचरीक को बताया। सबकुछ सुनकर चंचरीक स्तब्ध रह गया। मधूलिका दूसरों की हत्या कर सकती है इसकी कल्पना तो वह कर सकता था, लेकिन किसी के द्वारा मधूलिका की भी हत्या हो सकती है, यह उसके अनुमान के बाहर की बात थी। फिर शान्त होकर चंचरीक ने कहा, "पद्मकमल की मृत्यु निश्चित है, यह मैं जानता था; मधूलिका की मृत्यु का समाचार सुनकर मुझे आश्चर्य के साथ सन्तोष भी हुआ, एक कलुषित आत्मा संसार से उठ गई। तुम मेरे पास आई हो, किस प्रकार मैं तुम्हारी सहायता कर सकता हूँ ? तुम नेपाल में अपने पितृगृह या मातृगृहों में जाना चाहती हो क्या ?"

रोती हुई बीथिका बोली, "मैं दासी हूँ, दासी की न कोई माता होती है, न पिता होता है। नेपाल में मुझे निराधार भटकना होगा। मैं केवल आपका आश्रय पाने आई हूँ—इन आभूषणों और इन मुद्राओं के सहित मैं आपके चरणों पर अर्पित हूँ।" यह कहकर वह चंचरीक के पैरों पर गिर पड़ी।

चंचरीक ने वात्सल्य भाव से बीथिका को अपने चरणों पर से उठाया, उसके मस्तक पर अपना हाथ रखते हुए उसने कहा, "मैं तुम्हें अपनी दासी के रूप में स्वीकार करता हूँ। अपने आभूषण और अपना धन तुम अपने ही पास रखो। और दासी के रूप में स्वीकार करते हुए मैं तुम्हें स्वतन्त्रता देता हूँ कि जब और जहाँ चाहो, तुम जा सकती हो—तुम निर्बन्ध हो।"

बीथिका अपना मस्तक झुकाकर बोली, "बन्धन ही नारी की गति है, निर्बन्धता नारी की घुटन और मृत्यु है।" और चाणक्य के कक्ष से निकलकर वह कुटी के एक रिक्त कक्ष में चली गई।

चाणक्य जानता था कि बीथिका के उसकी कुटी में आने का समाचार कुछ समय में ही महामन्त्री राक्षस के यहाँ पहुँच जाएगा। बीथिका की सहायता से उसने उसी समय अपना सब सामान बटोरा, अपने ऊपर से चंचरीक-वाला आवरण उतार फेंका, और बीथिका को साथ लिए हुए वह पाटलिपुत्र नगर के विशाल जन-समूह में विलीन हो गया।

बारहवाँ परिच्छेद

गृहयुद्ध का वातावरण—नन्दवंश स्वयं विनष्ट हो रहा था।

यह विनाश और यह निर्माण, इसका कोई स्पष्ट विधान नहीं है, कम-से-कम मनुष्य की सीमित बुद्धि में, और चाणक्य चकित था।

युवराज चक्रकमल का विवाह हुआ, लेकिन मरने के पहले मधूलिका ने सत्य ही कहा था—चक्रकमल नपुंसक बन चुका था, मधूलिका को छोड़कर किसी दूसरी स्त्री के लिए। विवाहिता होते हुए भी चक्रकमल की पत्नी वैधव्य का भार ढो रही थी, अपनी समस्त मानसिक पीड़ा से युक्त घुटन के साथ।

चक्रकमल का विवाह मगध के ही एक प्रमुख शक्तिशाली सामन्त वरुणेश्वर की कन्या से हुआ था—उसका नाम पूर्णिमा था। पूर्णिमा सीधी-सादी, भोली लड़की थी। यद्यपि माता-पिता का उसे समस्त लाड़-प्यार मिला था, पर वह एक तरह से व्यक्तित्वविहीन-सी थी, और वह व्यक्तित्वविहीन पूर्णिमा मगध के राज-कुल का एक भाग बनकर किसी तरह जैसे-तैसे अपने दिन काट रही थी। सच बात तो यह है कि यह दुनिया विचित्र प्रकार की विवशताओं से

जकड़ी हुई है।

बीथिका के द्वारा चाणक्य को मगध के राजभवन की हर गतिविधि का समाचार मिलता रहता था। राजभवन में किसी ने कभी बीथिका पर या उसकी भूमिका पर ध्यान ही नहीं दिया था। मधूलिका के लुप्त होते ही बीथिका भी राजभवन से लुप्त हो गई थी। और सच बात तो यह है कि बीथिका की स्वयं भी राजभवन की गतिविधियों में कोई रुचि न रह गई थी। वह जो कुछ भी करती थी, चाणक्य की इंगिति पर, चाणक्य की दासी के रूप में।

पाटलिपुत्र नगर की सघन बस्ती में एक खंडहर-प्रायः घर में चाणक्य ने अपना निवास-स्थान बनाया। उस घर को उस घर के स्वामी की मृत्यु के बाद उसकी निःसन्तान विधवा ने छोड़ दिया था और वह पाटलिपुत्र छोड़कर अपने पितृ-गृह में चली गई थी। चाणक्य ने उस घर की उचित मरम्मत कराकर उसे रहने योग्य बना लिया था। उस घर में आते ही चाणक्य ने अपना छद्म वेश और छद्म नाम उतार फेंका। नगर के उस अति साधारण भाग में लोगों को न चाणक्य के नाम का पता था, न चाणक्य की महत्ता का ज्ञान था।

और महामन्त्री राक्षस अत्यन्त थका हुआ, अपने में ही प्रायः टूटा हुआ, मौन और विवश जीवन व्यतीत कर रहा था।

अपनी छोटी-सी सेना के साथ चन्द्रगुप्त गरिमध्वज की सहायता से मगध के दक्षिणी अंचल में आकर बैठ गया था। वह अब वहाँ से पाटलिपुत्र में प्रवेश करके अपने को स्थापित करने को आतुर था, लेकिन टूटता हुआ वृद्ध महामन्त्री अब भी इतना चेतन और सजग था कि सम्राट महापद्म नन्द पर किसी प्रकार की विपत्ति नहीं आ सकती थी। वैसे चाणक्य यह जानता था कि चन्द्रगुप्त के पाटलिपुत्र पहुँचने पर महापद्म नन्द स्वयं उसका स्वागत करके साम्राज्य का उत्तराधिकार उसे सौंप देगा, लेकिन यह सब तो चाणक्य के हित में नहीं था। वह क्रोधी और हठी ब्राह्मण अपनी खुली हुई

शिखा को हाथ में लिए नन्दवंश को समूल नष्ट कर देने के अपने संकल्प पर अड़ा था, वहाँ वह दृढ़ और अडिग था।

मगध के राजकुल में प्रतिस्पर्धा अब श्वेतकमल और नीलकमल के बीच जाग उठी थी। दोनों ही राजकुमार इस समय तक अपने-अपने पारिवारिक जीवन से ऊब उठे थे और मगध का सम्राट बनने की अभिलाषा इन दोनों के हृदयों में हिलोरें ले रही थी। दोनों ही अब अपने-अपने तथाकथित हितैषियों से प्रेरित होकर खुल्लम-खुल्ला गृहयुद्ध के प्रणेता बन गए थे। महामन्त्री राक्षस ने इन दोनों राजकुमारों से मिलकर और उन्हें समझा-बुझाकर महापद्म नन्द के जीवन काल में इस गृह-युद्ध को रोके रखने का प्रयत्न किया, लेकिन असफलता ही उसके हाथ लगी।

महामन्त्री राक्षस जब इन दोनों राजकुमारों से बातचीत करके उठा, रात आधी से अधिक बीत चुकी थी। वह अपनी शैया पर लेटा ही था कि उसके शरीर में कँपकँपी-सी उठी और उसे लगा कि उसे तीव्र ज्वर हो आया है। उस ज्वर की बेहोशी में वह किसी वैद्य को भी न बुला सका। रात बड़ी बेचैनी के साथ कटी। प्रातः राजवैद्य को बुलाकर उसके उपचार की व्यवस्था हुई।

राक्षस की बीमारी का समाचार चाणक्य को भी मिला।

अब उचित समय आ गया था। उसने राक्षस की बीमारी का समाचार पाते ही चन्द्रगुप्त को आदेश भेज दिया कि वह तत्काल मगध पर आक्रमण करके पाटलिपुत्र पर अपना अधिकार कर ले।

उस दिन बसन्त-पंचमी का पर्व था, ऋतु सुहानी और उल्लासपूर्ण थी, स्थान-स्थान पर उत्सव हो रहे थे, पीत-परिधानों में स्त्रियाँ और बच्चे घरों से निकल पड़े थे। और तभी अचानक दूर से आता और प्रतिपल बढ़ता हुआ कोलाहल उन्हें सुनाई पड़ा। घबराहट में भागते हुए लोग उन्हें दिखाई दिए, चारों ओर यही शोर हो रहा था कि पाटलिपुत्र पर आक्रमण हो गया है, नगर में युद्ध हो रहा है।

और एकाएक वह उत्सव-भूमि युद्ध-भूमि में परिणत हो गई।

पाटलिपुत्र पर आक्रमण का अधिनायक चन्द्रगुप्त नहीं था। उस आक्रमण का अधिनायक था युद्ध-विद्या का आचार्य विष्णुगुप्त चाणक्य। और इस चाणक्य की अवस्था नितान्त पागलपन की थी। उसके उस रुद्र-रूप को देखकर चन्द्रगुप्त स्वयं सहम गया। अपने जीवनपर्यन्त चन्द्रगुप्त चाणक्य का शिष्य और अनुयायी होकर रहा था उसके दास की भाँति—शारीरिक रूप से नहीं, मानसिक रूप से।

रुग्णावस्था में शैया पर पड़ा हुआ महामन्त्री राक्षस अपने कक्ष से ही इस युद्ध का संचालन कर रहा था।

चाणक्य के अनुमान के अनुसार ही चन्द्रगुप्त की छोटी-सी सेना ने अब बृहत् आकार धारण कर लिया था। मगध के कुमारों के आन्तरिक संघर्षों से ऊबकर मगध-साम्राज्य के सैनिक भी एक-एक करके चन्द्रगुप्त की सेना में सम्मिलित हो रहे थे और मगध की राजकीय सेना के पैर लड़खड़ा रहे थे।

इस युद्ध के समाचार महापद्म नन्द को भी मिल रहे थे। लेकिन उसमें इस युद्ध के प्रति एक प्रकार की उदासीनता थी। मगध का वास्तविक उत्तराधिकारी चन्द्रगुप्त ही था, चन्द्रगुप्त के प्रति उसमें सदा से ममता ही रही थी।

महापद्म नन्द के कुमारों का संयुक्त परामर्शदाता शकटार मर्माहत और श्रीहत-सा यह सब देख रहा था। वह जानता था कि चन्द्रगुप्त की विजय का दुष्परिणाम महापद्म नन्द के शेष आठ राजकुमारों को भोगना पड़ेगा। कुछ अनिश्चित और शंकित-सा वह महापद्म नन्द से स्वयं मिलने पहुँचा।

महापद्म नन्द से शकटार का साक्षात्कार इसके पहले कभी नहीं हुआ था, लेकिन महापद्म नन्द को इसका ज्ञान था कि उसके कुमारों ने शकटार को संयुक्तरूप से अपना परामर्शदाता बनाया है। उसने शकटार को अपने सम्मुख उपस्थित किए जाने का आदेश दिया।

अपने सामने शकटार के आने पर महापद्म नन्द ने प्रश्न किया, "कौन-सा ऐसा विशेष कारण है कि तुम्हें मेरे पास आना पड़ा है, इसके पहले तो तुम मेरे पास कभी नहीं आए !"

हाथ जोड़कर शकटार ने कहा, "चन्द्रगुप्त ने पाटलिपुत्र की सीमा में प्रवेश कर लिया है और उसकी सेना का मगध की सेना से युद्ध हो रहा है। मगध के अनेक सैनिक यहाँ गृहयुद्ध के कारण मगध की सेना छोड़कर चन्द्रगुप्त की सेना में प्रविष्ट हो रहे हैं।"

"यह समाचार मुझे भी मिल चुका है। लेकिन व्यक्तिगत रूप से इस समाचार का मुझ पर कोई प्रभाव नहीं पड़ता। मगध का वास्तविक उत्तराधिकारी तो चन्द्रगुप्त है, उसकी विजय से मुझे सन्तोष ही होगा।"

अन्दर-ही-अन्दर शकटार ने एक निराशा-सी अनुभव की। उसने अब साहस करके कहा, "क्या महाराज को इस सत्य का ज्ञान है कि आपके इन राजकुमारों ने मिलकर चन्द्रगुप्त की हत्या कराने के अनेक प्रयत्न किए हैं ?"

इस बार महापद्म नन्द के चौंकने की बारी थी—"यहाँ तक हो चुका है क्या ? आश्चर्य है कि मुझे इस बात की सूचना कभी नहीं मिली। मैं जानना चाहूँगा कि किस आधार पर मेरे पुत्रों पर यह आरोप लगा रहे हो।"

"अपने षड्यन्त्रों में उन्होंने मुझे भी अपने परामर्शदाता के रूप में सम्मिलित कर लिया था। मैं शपथ के साथ कहता हूँ कि उनके प्रयत्नों में मैं कभी नहीं सम्मिलित हुआ, वरन् समय-समय पर मैंने उन्हें निरुत्साहित ही किया है। कुमार चन्द्रगुप्त को इन सब बातों का ज्ञान है, वह इन कुमारों से बदला लेंगे—मेरा यह अनुमान है।"

महापद्म नन्द कुछ देर तक ध्यान-मग्न रहे, फिर उनके होठों पर एक स्मिति आई, "और मेरा अनुमान है कि चन्द्रगुप्त अपने भाइयों को उनकी नीचता के लिए क्षमा कर देगा, वह अतिशय उदार

और सदाशयी है। उसके सम्बन्ध में मैं आश्वस्त हूँ।''

यह वार भी खाली गया। शकटार ने अब अपना अन्तिम और अचूक वार किया—''महाराज को सम्भवतः इस बात का ज्ञान नहीं है कि कुमार चन्द्रगुप्त एक अन्य व्यक्ति द्वारा संचालित शक्ति के रूप में यह युद्ध कर रहे हैं, और यह दूसरा व्यक्ति है चाणक्य। अपनी शिखा खोले हुए, अपने रक्तवर्ण नेत्र लिए हुए आचार्य विष्णुगुप्त चाणक्य के हाथ में इस युद्ध का संचालन है। आचार्य विष्णुगुप्त को आपकी भरी सभा में आपके द्वारा ही अपमानित किया गया था, यह कहकर कि इसकी शिखा पकड़कर इसे राजसभा से निकाल दिया जाए। और उसने स्वयं अपनी शिखा खोलकर यह प्रतिज्ञा की थी कि जब तक वह आपके वंश को समूल नष्ट न कर देगा, तब तक उसकी शिखा न बँधेगी। तो आपके वंश को निर्मूल करने के लिए तक्षशिला का वह युद्ध-विद्या का आचार्य चन्द्रगुप्त के बहाने स्वयं आपके विरुद्ध युद्ध कर रहा है।''

सहसा महापद्म नन्द की स्मृति जाग उठी। वह क्रोधी और हठी ब्राह्मण अपनी अहम्मन्यता का पागलपन लिए हुए उसके इतना निकट आ पहुँचा है और स्वयं उसकी शक्तियाँ क्षीण हो गई हैं ! एक झटके के साथ वह उठ खड़ा हुआ। उसने शकटार से कहा, ''तुमने मुझे तब सचेत किया है जब बहुत विलम्ब हो चुका है। लेकिन तुमने मुझे सचेत कर दिया है—तुम्हारा आभार ! वह सफल न हो सकेगा, महापद्म नन्द स्वयं उसका सामना करेगा। अब तुम जाओ।''

पाटलिपुत्र में तड़ित्-गति से यह समाचार फैल गया कि अपने राजभवन से निकलकर सम्राट महापद्म नन्द ने चन्द्रगुप्त के विरुद्ध युद्ध का संचालन अपने हाथ में ले लिया है। मगध की सेना में मानो नवीन प्राणा-रोपन हो गया हो। वह बिखरती हुई सेना फिर एकत्र होने लगी और चन्द्रगुप्त की सेना में तीव्रता से ह्रास होने लगा। महापद्म नन्द के स्वयं ही उस युद्ध का संचालन हाथ में लेने पर

चन्द्रगुप्त द्विविधा में पड़ गया, और स्थिति नन्द के और अनुकूल हो गई।

अब यह युद्ध स्पष्ट रूप से महापद्म नन्द और चाणक्य के बीच हो गया, द्विविधा से युक्त चन्द्रगुप्त को चाणक्य ने पीछे हटा दिया।

महापद्म नन्द के स्वयं आगे आने पर स्थिति गम्भीर हो गई है, चाणक्य ने यह अनुभव किया। अपनी समस्त शक्तियों को संग्रहीत करके भी क्या वह मगध-नरेश को पराजित कर सकेगा ? उसे अब इस पर शंका होने लगी। बड़ी तीव्रता से वह इस युद्ध के हर पहलू पर सोच रहा था, और तभी वरांचि में बैठे हुए गरिमध्वज की उसे याद हो आई।

काश्मीर से आनेवाला स्वर्ण का एक बड़ा भंडार उसने गरिमध्वज के पास एकत्रित कर रखा था। और चाणक्य के अन्दर जैसे एक नया व्यक्तित्व जाग पड़ा हो, उसे लगा कि मनुष्य के जाने या अनजाने उसके जीवन में अर्थ का एक बहुत बड़ा स्थान रहा है। अर्थ शब्द स्वयं ही धन का भी द्योतक है।

नीतिशास्त्र के प्रणेता चाणक्य के सम्मुख जैसे एकाएक अर्थ का महत्त्व उदय हो गया। अर्थ का जीवन में धर्म के समकक्ष ही स्थान है। मानव की स्वाभाविक और अविजित विकृतियों में काम, क्रोध, लोभ और और मोह प्रमुख हैं, और लोभ के साथ अर्थ बेतरह सम्बद्ध है। अर्थ सम्पन्नता का द्योतक है और सम्पन्नता मनुष्य के जीवन में उसके बहकावों और भटकावों को रोकने का एकमात्र साधन है। जीवन तभी सम्भव है जब मनुष्य के पास आजीविका हो, और आजीविका वर्तमान विकसित समाज में अर्थ में सिमट गई है। धर्म, अर्थ, काम, मोक्ष—प्राचीन काल की जीवन की यह कसौटी विचित्र भले ही दिखे; लेकिन निर्बन्ध और मुक्त जीवन के यह नितान्त सत्य अवयव हैं, स्वाभाविक गति से चलनेवाले जीवन के मूल सत्य हैं। धर्म जीवन की कर्तव्यनिष्ठा का द्योतक है, अर्थ आजीविका

का द्योतक है, काम मानव-जाति के प्रजनन का द्योतक है और मोक्ष उस स्थिति का द्योतक है जहाँ जीवन की सन्तुष्टि है—शान्त और स्निग्ध।

महापद्म नन्द की सेना के पैर इस स्वर्ण की लूट के कारण उखड़ गए। कुछ अत्यन्त स्वामिभक्त सैनिक ही उसके साथ रह गए। चाणक्य की सेना ने महापद्म नन्द को उसकी बची हुई सेना के साथ घेर लिया।

थके और पराजित नन्द ने चाणक्य को आत्मसमर्पण कर दिया, वह और उसके सैनिक बन्दी बना लिए गए।

तभी चाणक्य को अनायास अनुभव हुआ कि उसके अन्दरवाली सोयी हुई प्रतिहिंसा की भावना अब सक्रिय भयानक हिंसा का रूप धारण कर जाग उठी है। उसकी स्थिति शिकार पाने पर भूखे शेर की-सी हो गई।

अपनी खुली हुई शिखा बाँधने का समय आ गया है, और वह शिखा नन्दवंश को निर्मूल करने के बाद ही बँधेगी, उसके पहले नहीं।

समस्त पाटलिपुत्र नगर सहमा-सा पड़ा था। साधारण जन तक में नित्य का कार्यक्रम अनिश्चित और शिथिल पड़ गया था। एक लड़खड़ाहट-सी नगर और उसके जन की गति में आ गई थी। राज्य का समस्त प्रशासकीय तथा राजकीय काम बन्द था। यहाँ तक कि चारों ओर लुटेरों के रूप में फैले समाज-विरोधी तत्त्व सक्रिय हो गए थे।

नन्द को उसकी सेना के सहित बन्दी बनाकर चाणक्य ने मगध के राजभवन पर अपना अधिकार कर लिया। हर जगह चन्द्रगुप्त को अपना मोहरा बनाकर चाणक्य ने उसे अपने आगे रखा। मगध के राजभवन पर अपना अधिकार कर लेने के बाद चाणक्य ने पहला काम यह किया कि वह चन्द्रगुप्त को साथ लेकर रानी मुरा के कक्ष में पहुँचा। नन्द के साथ चन्द्रगुप्त के युद्ध के समाचार दास-दासियों

द्वारा मुरा बड़ी उत्सुकता से प्राप्त कर रही थी, वह बड़ी व्यग्रता से चन्द्रगुप्त के अपने पास आने की प्रतीक्षा कर रही थी। चन्द्रगुप्त के चाणक्य के साथ राजभवन में प्रवेश का समाचार पाते ही वह आतुर होकर अपने कक्ष के बाहर निकली—राजभवन के अन्य सभी सदस्य अपने-अपने कक्षों को बन्द किए बैठे थे।

राजभवन के प्रवेश-द्वार पर आकर मुरा चाणक्य के पैरों पर गिर पड़ी—"आपने अपना वचन पूरा किया, देव ! मैं आज अपने पुत्र को मगध के सम्राट के रूप में देख रही हूँ।" फिर चाणक्य के चरणों से उठकर उसने चन्द्रगुप्त को अपनी गोद में भरते हुए चाणक्य से कहा, "हम लोगों के मस्तक पर आपका वरदहस्त सदैव बना रहे—मेरी यह विनय है !" रानी मुरा की आँखों में आनन्द के अश्रु उमड़ रहे थे।

निस्पृह और तटस्थ भाव से चाणक्य ने कहा, "मगध साम्राज्य की राजमाता, तुम अपने पुत्र का स्वागत-सत्कार करो। मुझे तो अभी बहुत कुछ करना है—बहुत कुछ करना है।"

उस समय चाणक्य के हाथ में उसकी खुली हुई शिखा थी।

तेरहवाँ परिच्छेद

नन्दवंश को समूल नष्ट करना—इसका अर्थ था सामूहिक हत्याकांड ! अबोध शिशु, निरीह स्त्रियाँ, निरपराध पुरुष—इन सबों का वध ! और चाणक्य ने इस सामूहिक हत्याकांड का व्रत ले लिया था क्रोध के भयानक आवेश में ! और उसके जीवन का एक लम्बा काल बीता था आवेश में आकर अपने संकल्प की पूर्ति के उपायों में। उसका जीवन ही इस प्रतिशोध की भावना पर आधारित हो गया था।

मानव में आवेग और आवेश के वशीभूत होकर सामूहिक हत्याकांडों की परम्परा आदिकालीन है। एक कबीला दूसरे कबीले के सभी व्यक्तियों की हत्या कर देता था, दो ग्रामों के बीच शत्रुता की भावना में एक गाँव-का-गाँव नष्ट कर दिया जाता था। जहाँ मानव में 'दया' नाम की प्रबल भावना है, वहीं उसमें क्रूरता नाम की प्रतिक्रियात्मक भावना भी मौजूद है। हिंस्र पशुओं में दूसरे पशुओं की हत्या भूख से प्रेरित होती है, मनुष्य में दूसरे मनुष्यों की हत्या मात्र आत्म-तुष्टि से प्रेरित है, भूख से उसका कोई सम्बन्ध नहीं है।

प्रतिशोध, प्रतिहिंसा—अजीब पागलपन की अवस्थाएँ हैं ये,

जिन पर वश पाना मनुष्य के हाथ में नहीं है। इन पर वश पाने की अवस्था सिद्धि की अवस्था है, जिसकी मनुष्य कल्पना ही कर सकता है। यह अवस्था आदर्श भर है जिसे प्राप्त करना जीवन-मुक्त हो जाना है, जीवन में तो यह अवस्था सम्भव नहीं मानी गई है।

अपने सामने समस्त नन्दवंश की हत्या चाणक्य ने अविचलित भाव से करा दी, कहीं भी, किसी तरह की दया और करुणा की भावना नहीं आने पाई—आज के युग में बौद्धिकभावना से युक्त व्यक्ति के लिए यह कल्पनातीत है, लेकिन यहीं आज के विकसित समाज में भी इस भावनात्मक पागलपन के विभिन्न रूप सामने आते रहते हैं।

स्त्रियों का रुदन, बच्चों का चीत्कार—इन सबके प्रति कान बन्द करके चाणक्य ने समस्त नन्दवंश की हत्या को अपनी आँखों के सामने देखा, और उसने अपनी शिखा बाँधी। इसके बाद अपनी कुटी में जाकर वह अचेत हो शैया पर गिर पड़ा। घबराई हुई बीथिका उसकी सेवा में लग गई। यह सामूहिक हत्याकांड बीथिका ने भी देखा था, केवल तटस्थ दर्शिका के रूप में, लेकिन एक तरह की तुष्टि हुई थी उसे यह सब देखकर।

जब चाणक्य की चेतना वापस लौटी, बीथिका उसके सिरहाने उसका सिर अपनी गोद में रखे दिखी। वह बल लगाकर उठ बैठा, उसने बीथिका से पूछा, "तुम ! मुझे क्या हुआ था ?"

"आपका चेत जाता रहा था, आचार्य ! दो दिन तक आप अचेत अवस्था में पड़े रहे। आपकी सेवा और देखभाल में मुझे अवसर ही नहीं मिला कि किसी वैद्य को बुलाकर मैं आपका उपचार कराती।"

"अच्छा ही किया जो तुमने किसी वैद्य को नहीं बुलाया, मेरी यह मूर्छा उपचार के परे थी।" और उसने बीथिका की ओर ध्यान से देखकर कहा, "तो दो दिन और दो रात तुम सोई नहीं ?"

सहज भाव से कुछ संकोच के साथ बीथिका बोली, "जब देवता की यह दशा थी, तो मेरे विश्राम और शयन का प्रश्न ही नहीं था।"

घृणा और क्रोध का पागलपन सूर्य को ढके हुए बादलों-सा छँट गया चाणक्य के ऊपर से। एक उज्ज्वल प्रकाश, जीवन की उष्णता को लिए हुए। जो कुछ हुआ था, जो कुछ उसने किया था इस कर्म के क्रम में, चाणक्य की अचेतावस्था में वह सब लुप्त हो चुका था, चेतना की अवस्था में लौटने के बाद उसके सामने केवल वर्तमान था।

जो विगत है उसका कोई अस्तित्व नहीं, जो भविष्य है वह अनदेखा और अनजाना है। मनुष्य का अस्तित्व केवल वर्तमान है और यह वर्तमान समय की धारा का एक भाग है—वह अपनी सहज गति से चलता रहता है।

अत्यन्त थकी हुई और चिन्ताग्रस्त बीथिका को देखकर उसे लगा कि उसके सामने एक दासी नहीं है, एक देवी है, अति पवित्र। वह अपलक बड़ी देर तक बीथिका को देखता रहा। उसे अनायास ही लगा कि उसका जीवन अपूर्ण है, क्रोध और प्रतिहिंसा के पागलपन में उसका जीवन अपूर्ण रह गया।

न जाने कौन-सी प्रेरणा थी, उसने एकाएक बीथिका का चुम्बन ले लिया। बीथिका उस चुम्बन की मादकता से विभोर तो हुई, लेकिन तभी वह चाणक्य के पैरों पर गिर पड़ी, "मैं अपवित्र और कुलटा नारी हूँ, मेरे देव !" और चाणक्य के चरणों पर उसके आँसू लुढ़क पड़े। चाणक्य ने अपने चरणों से उसको उठाते हुए कहा, "तुम्हारी आत्मा कलुषहीन और पवित्र है, शरीर विवशताओं के बन्धनों से भले ही जकड़ा रहा हो ! मुझे अपना विवाह करने का अभी तक ध्यान ही नहीं आया था। मेरा जीवन अपूर्ण है बिना मेरी पत्नी के। तुम्हें मैं विधिवत पत्नी के रूप में ग्रहण करना चाहता हूँ। मेरी पत्नी

बनोगी ? मेरी वय वृद्धावस्था की ओर आ गई है, तुम मुझसे वय में बहुत छोटी हो। उत्तर दो।"

बीथिका ने स्वयं अपने को चाणक्य की गोद में छुपा लिया–"मेरे देवता, कौन-सा पुण्य मुझसे कभी हो गया है जो मुझे यह वरदान मिल रहा है ! मैं आपकी हूँ, मन और प्राण से–हे भगवान्, यह सब क्या हो रहा है !" और तभी उसने कुछ रुककर कहा, "मेरे भगवान् तो आप हैं–इस अपवित्र दासी को आपकी पत्नी बनने की पवित्रता ! यह सब कैसे वहन कर सकूँगी ?"

चाणक्य ने उसी समय राजपुरोहित को बुलाकर बीथिका के साथ अपना विवाह कर लिया। उस विवाह में उसने चन्द्रगुप्त मौर्य को सपरिवार आमन्त्रित किया था, समस्त राज्याधिकारी उस विवाह में सम्मिलित हुए थे। कुछ ब्राह्मणों और पंडितों ने दबे स्वर में उस विवाह के औचित्य पर शंका भी व्यक्त की। किन्तु वह विवाह अनुलोम था, विरोध केवल दबा हुआ ही रहा।

महामन्त्री राक्षस उस विवाह में सम्मिलित नहीं हुआ; वह अस्वस्थ था। वृद्धावस्था से वह अब अतिशिथिल पड़ चुका था, और कार्यभार से मुक्त होकर अवकाश ग्रहण करना चाहता था। चाणक्य के पास जब महामन्त्री राक्षस की अस्वस्थता का समाचार पहुँचा, वह चिन्तित हो उठा। महामन्त्री राक्षस के साथ उसका सम्पर्क नहीं के बराबर रहा था, लेकिन मन-ही-मन उसमें महामन्त्री राक्षस के प्रति आदर का भाव था।

चाणक्य के सामने उसका भविष्य था। इस लौकिक मोहजाल से छुटकारा पाने का समय आ गया था; उसने विवाह करके अपने जीवन को सम्पूर्ण बना लिया था। उसे अब चन्द्रगुप्त के शासन को सुचारु रूप से चलाने की अन्तिम व्यवस्था करनी थी। और एक दिन वह अकेला ही महामन्त्री राक्षस के निवास पर पहुँचा।

राक्षस को जब अपने यहाँ चाणक्य के आने की सूचना मिली,

उसने अपने सेवकों की सहायता से द्वार पर आकर स्वयं उसका स्वागत किया। अपने कक्ष में पहुँचकर राक्षस ने कहा, "आप मगध-साम्राज्य के अधिपति से भी अधिक महान् और शक्तिशाली हैं। इस अकिंचन के यहाँ पधारकर आपने मुझे कृतकृत्य किया है। आदेश दें।"

"मुझे समाचार मिला है कि आप अपने कार्यभार से मुक्त होना चाहते हैं। क्या यह समाचार ठीक है ?"

"मैं वृद्ध और निर्बल हो गया हूँ। इधर अत्यधिक अस्वस्थ रहा हूँ, फिर आपका-सा कुशल राज्यमन्त्री पाकर चन्द्रगुप्त भी धन्य है।"

चाणक्य हँस पड़ा—"मैं और राज्य-मन्त्री का पद ? क्षमा करें—मैं निर्बन्ध हूँ। जो कुछ मैंने किया वह अपने अहं की तुष्टि के लिए किया। इस अहं की तुष्टि और अपने हठ की पूर्ति के बाद अब मैं अपने अन्दर ही स्वतन्त्र हो चुका हूँ, इस वैभव और सम्पन्नता के बन्धन से मुक्त हो चुका हूँ, महामन्त्री ! मैं आपसे विनयपूर्वक आग्रह करने आया हूँ कि आप इस पद को छोड़ने का विचार त्याग दें, यह आपका मगध-साम्राज्य और चन्द्रगुप्त पर ही नहीं, मेरे ऊपर भी बहुत बड़ा उपकार होगा।"

"लेकिन यह साम्राज्य सँभालने का भार ? मैं इसे वहन करने में असमर्थ हूँ आचार्य, मैंने आपसे कहा न कि मैं टूट चुका हूँ।"

"आप टूट नहीं चुके हैं, आप अपने को पराजित अनुभव कर रहे हैं। एक प्रश्न मैं आपसे पूछ रहा हूँ, क्या आप नन्द को नहीं बचा पाए, यह भावना आपको रह-रहकर नहीं साल उठती है ? ईमानदारी से उत्तर दीजिएगा।"

कुछ दबे हुए स्वर में राक्षस ने उत्तर दिया, "आप ठीक कहते हैं।"

"और वह महापद्म नन्द व्यक्ति नहीं था, वह निरंकुशता और दम्भ का प्रतीक था। मेरा अपमान और निरादर नन्द ने नहीं किया

था, वह उसके दम्भ ने किया था। आपका लगाव वास्तव में दम्भ के प्रति लगाव था, आप उसे स्वीकार कर लें।"

कुछ करुण स्वर में राक्षस ने उत्तर दिया, "मैं मनुष्य को उसके गुण और अवगुण से अलग करके नहीं देख पाता। मनुष्य का गुण अथवा अवगुण उसकी अविच्छिन्न इकाई है।"

"यह आपकी ही नहीं, मानव-समाज की सबसे बड़ी भूल है। मेरे अनुभवों ने मुझे यही बताया है। नीति और अनीति का भेदभाव मानव को समझना पड़ेगा, महामन्त्री ! आपका लगाव व्यक्ति महापद्म नन्द से न होकर उसके वंश से होना चाहिए। क्या आपको चन्द्रगुप्त में कोई दोष दिखता है ? सच-सच कहिएगा।"

राक्षस का स्वर काँप रहा था, "चन्द्रगुप्त के साथ अन्याय हुआ था, मैंने सदा यही समझा। मेरे मन में चन्द्रगुप्त के प्रति सदा से ही ममता रही है। लोभी ब्राह्मणों ने उसके विरुद्ध व्यवस्था देकर उसके साथ अन्याय किया था।"

चाणक्य उठ खड़ा हुआ, "मैंने, जो कुछ मैं कहने आया था, वह कह दिया। महामन्त्री, जब तक आप जीवित हैं, चन्द्रगुप्त के मस्तक पर आपका वरदहस्त रहे।"

राक्षस भी उठ खड़ा हुआ, "आचार्य ! आपने मुझे मेरा मार्ग दिखला दिया, जिससे मैं भटक रहा था। लेकिन मैंने कहा न कि मैं अशक्त हो रहा हूँ, रोग-ग्रस्त भी हूँ—क्या करूँ ?"

"आप अपना उपचार कराइए, आप रोग-मुक्त हो जाएँगे। और आशक्त आपका शरीर हो रहा है, बुद्धि नहीं, आप अपना कोई योग्य सहायक लें लीजिए।"

"योग्य सहायक पाना—बड़ा दुष्कर कर्म बतलाया आपने ! आप ही मुझे कोई ऐसा व्यक्ति बतलाने की कृपा करें जो मेरी सहायता कर सके !"

सहसा एक बिजली-सी कौंध गई चाणक्य के मस्तिष्क में।

उसने कहा, "एक व्यक्ति–एक व्यक्ति ऐसा था जो न जाने कहाँ विलीन हो गया। शकटार नाम का एक व्यक्ति था जो नन्द के नौ राजकुमारों का निजी सलाहकार था। उसने कभी उन्हें गलत सलाह नहीं दी। अगर उसकी बात उन मूर्ख राजकुमारों ने मानी होती तो उनका इस तरह विनाश नहीं होता।"

"शकटार !" राक्षस ने कुछ सोचते हुए कहा, "शकटार का नाम ही मेरे ध्यान से जाता रहा। वास्तव में वह योग्य और ईमानदार व्यक्ति था। वह कहाँ है–वह कौन है, वह कहाँ है ? अगर उसका पता चल सकता !"

दृढ़ता के साथ चाणक्य ने कहा, "मैं उसका पता लगाऊँगा ! अगर वह जीवित है, हत्याकांडों के इस क्रम में यदि वह जीवित है तो मैं एक सप्ताह के अन्दर ही उसे आपके पास भेज दूँगा। आप निश्चिन्त होकर किसी तरह अपना काम चलाते जाइए।"

अपने यहाँ आकर बीथिका से उसने कहा, "शकटार नाम के एक व्यक्ति को तुम जानती होगी–राजभवन में उसका प्रवेश था !"

"हाँ, मैं उसे जानती हूँ। विलक्षण प्रतिभा से सम्पन्न है वह, अति उदार, उदात्त भावना युक्त वह–उसके साथ मेरी सम्पूर्ण सहानुभूति है।"

"उसका पता लगा सकोगी ? मगध के शासन को उसकी आवश्यकता है। इस राजनीति को छोड़ने के पहले मैं यह अन्तिम काम कर लेना चाहता हूँ।"

"मुझे यह सुनकर अत्यन्त हर्ष हुआ कि उस भाग्यहीन व्यक्ति की किसी को याद तो आई। कितना सच्चा, चरित्रवान और निष्ठावान व्यक्ति है वह। मुझे उसके निवास-स्थान का पता है। अत्यन्त अभावग्रस्त, लेकिन...लेकिन...ऐसा लगता है कि उसका मानसिक सन्तुलन डिगने लगा है। भिक्षा-रूप में वह किसी की सहायता लेना जानता ही नहीं। यदि मेरे देवता की आज्ञा है तो मैं

कल या परसों तक उसे आपके सम्मुख उपस्थित कर दूँगी।"

शकटार अत्यन्त आदर और सद्भावना का पात्र है, चाणक्य को यह जानकर सन्तोष हुआ। उसने बीथिका से कहा, "मैं भी व्यक्तिगत रूप से उससे मिलना और वार्तालाप करना चाहूँगा, अत्यन्त धर्मवान लगता है वह।"

दूसरे दिन प्रातःकाल ही बीथिका शकटार के घर पहुँची। वह उस समय स्नान और पूजन करके अपने कक्ष में चुपचाप बैठा कुछ सोच रहा था। बीथिका के आने का समाचार पाकर उसने बीथिका को अपने कक्ष में ही बुला लिया। कुछ मुस्कराहट के साथ उसने बीथिका से कहा, "मैं तुम्हें बधाई देता हूँ—जो तुम दासी के स्थान पर पत्नी बन गईं, और पत्नी भी एक ऐसे महान् व्यक्ति की जो बहुत सम्भव है भविष्य में इतिहास-पुरुष बन जाए। तुम्हारे विवाह का निमन्त्रण मुझे नहीं मिला, नहीं तो मैं अवश्य उसमें सम्मिलित होता। सुखी तो हो ?"

"मुझे स्वयं अपने भाग्य पर आश्चर्य होता है कि यह असीम सुख मुझे प्राप्त कैसे हो गया। निमन्त्रण आचार्य ने भेजे थे, मैंने नहीं। मैं आचार्य के आदेश पर तुम्हारे पास आई हूँ। उन्होंने तुम्हें तत्काल बुलाया है।"

"हे दैव ! और क्या दिखाना है तुम्हें मुझको ?" आकाश की ओर हाथ जोड़ते हुए शकटार ने कहा, "वह मुझ पर कुपित तो नहीं हैं ?"

बीथिका हँस पड़ी, "मेरा अनुमान है कि मेरी ही भाँति तुम्हारा भी भाग्य पलटनेवाला है। मेरे साथ इसी समय चलो, आचार्य तुम्हारी प्रतीक्षा कर रहे हैं।"

शकटार को लगा कि उसके आगेवाला धुँधलापन हट रहा है। उसने उठते हुए कहा, "चलो, देखूँ इस नियति के चक्र में अब कौन-सा दृश्य है।"

बीथिका के साथ शकटार चाणक्य के सम्मुख उपस्थित हुआ। चाणक्य और शकटार को एकान्त में बात करने के लिए छोड़कर बीथिका दूसरे कक्ष में चली गई, उसके मन में एक तरह की सन्तोषजन्य प्रसन्नता थी।

चाणक्य ने शकटार को अपने सामनेवाले आसन पर बैठने का संकेत किया। फिर वह कुछ देर तक शकटार को देखता रहा, जैसे वह शकटार के अन्दर घुसकर उसका असली रूप जानना चाहता हो ! इसके बाद उसने शकटार से कहा, ''मैं तुम्हें चन्द्रगुप्त के शासन में महामन्त्री राक्षस का सहायक बनाना चाहता हूँ, वह पद तुम्हें स्वीकार होगा ?''

शकटार मानो आसमान से गिर पड़ा हो—''यह जानते हुए भी कि मैं चन्द्रगुप्त के विरुद्ध नन्द के नौ पुत्रों का परामर्शदाता रहा हूँ ?''

''सब कुछ जानता हूँ। और मैं यह भी जानता हूँ कि तुम्हारी आत्मा सदैव पवित्र और निर्मल रही है। तुम सदैव अपने धर्म पर दृढ़ रहे, अगर उन मूर्ख राजकुमारों ने तुम्हारा परामर्श पूर्ण रूप से माना होता तो बहुत सम्भव है इतिहास का रूप ही दूसरा होता।''

शकटार की आँखों में अश्रु छलक आए, उसने चाणक्य के चरणों की रज अपने मस्तक पर लगाते हुए कहा, ''मुझे आज्ञा दें, मैं आपके सामने नत हूँ।''

''महामन्त्री राक्षस को चन्द्रगुप्त के शासन में एक सहायक की आवश्यकता है। वह अस्वस्थ हैं और वृद्धावस्था के कारण शारीरिक रूप से शिथिल पड़ गए हैं। मैंने उनसे कहा है कि वह अपने सहायक के रूप में तुम्हें ले लें।''

''आपकी आज्ञा शिरोधार्य है। क्या आप मुझे उनसे मिलाने ले चलेंगे ?''

''नहीं, तुम स्वयं उनके पास चले जाओ।'' चाणक्य ने उत्तर

दिया, "लेकिन इतना समझ लो—धर्म के साथ नीति को जोड़कर ही भविष्य की रचना होगी। धर्म का रूप बदलता रहता है, न जाने कितने धर्म आए और नष्ट हो गए, धर्म को अमरता प्रदान करती है नीति।"

"लेकिन इस नीति के सम्बन्ध में मेरा ज्ञान नहीं के बराबर है।" शकटार ने कहा।

"मैं नीति के सिद्धान्तों को नीतिशास्त्र के रूप में प्रस्तुत कर रहा हूँ, और मुझे विश्वास है कि मेरा यह नीतिशास्त्र भविष्य का सत्य होगा। इस शास्त्र को रूप देने में मुझे समय-समय पर तुम्हारी सहायता की आवश्यकता होगी, तुम्हें जो सहायता मैं दे रहा हूँ, तुम्हारी सहायता उसके प्रतिदान के रूप में होगी।" और चाणक्य ने शकटार को आशीर्वाद देकर विदा किया।

चौदहवाँ परिच्छेद

कर्म-क्षेत्र से दूर-अतिदूर हटकर चाणक्य का जीवन विचार-क्षेत्र में आ गया था।

कर्म-क्षेत्र की सीमाएँ हैं—ठीक मानव के शरीर की भाँति। इस शरीर से अलग हटकर मनुष्य की कोई स्थापना ही नहीं है। शरीरशास्त्रियों के मतानुसार मानव के विचार भी इसी शरीर की विभिन्न ग्रन्थियों की उपज हैं।

चाणक्य के सामने उसका अतीत था, और किसी के सामने उसके अतीत के होने के अर्थ होते हैं उसमें वृद्धावस्था का आविर्भाव ! इस वृद्धावस्था के अनुभव के अर्थ होते हैं अन्तकाल की प्रतीक्षा !

मनुष्य जन्म-मरण, आदि-अन्त की सीमाओं से जकड़ा हुआ है, मनुष्य ही क्यों विश्व में जो कुछ है वह सभी आदि-अन्त की सीमाओं से जकड़ा हुआ है। यहाँ तक कि स्वयं विश्व भी आदि-अन्त की सीमाओं से जकड़ा हुआ है। विश्व से भी अलग हटकर यह जो सौरमंडल है, यह विश्व जिसका एक भाग है, वह आदि-अन्त की

सीमाओं से जकड़ा हुआ है और इसीलिए मनीषियों और विचारकों के अनुसार ब्रह्म को अनादि और अनन्त होने की संज्ञा दी गई है।

दुनिया का समस्त लेखा-जोखा सीमाओं का परिचायक है—चाणक्य सोच रहा था।

आधी रात बीत चुकी थी। पाटलिपुत्र में ग्रीष्मकाल की वह उस समय की जलती हुई रात, उसने सहसा ही चाणक्य को उसके अतीत से उलझा दिया था।

भयानक रूप से व्यस्त उसका जीवन और उस जीवन के विस्तार-क्रम में बहुत कुछ जो उसके लिए महत्त्वपूर्ण रहा था, वह भूल चुका था और नित्यप्रति भूलता जा रहा था। लेकिन उसका जीवन से उलझाव वैसा-का-वैसा था। उसकी शैया के पासवाली शैया पर सोई हुई उसकी पत्नी बीथिका गहरी नींद में सो रही थी। बीथिका पर उसकी दृष्टि पड़ी, और वह मुस्काया, लेकिन उसकी वह मुस्कान कितनी अर्थहीन है—उसने तत्काल यह अनुभव किया।

पाटलिपुत्र की वह महानगरी, और उस महानगरी में उसकी कीर्ति। एक अरुचि-सी भरती जा रही थी उसमें इस सबके प्रति। उसने अपने सिर को झटका दिया। इस यश और इस कीर्ति से उसे छुटकारा पाना पड़ेगा, छुटकारा पाने का समय भी आ गया है।

और एकाएक उसकी दृष्टि आकाश में बिखरे हुए अनन्त नक्षत्रों के जाल में उलझ गई।

वह कहाँ से आया था—उसे ठीक-ठीक याद नहीं; केवल इतना याद था कि वह तक्षशिला विश्वविद्यालय में युद्ध-विद्या का आचार्य था। उस समय उसकी आयु कितनी थी—यह भी उसे याद नहीं, लेकिन इतना निश्चित था कि वह प्रौढ़ हो चुका था। और उसके बाद ही वह भयानक रूप से व्यस्तता से भरे कर्म-जाल में फँस गया था जिससे उसे तब छुटकारा मिला जब उसके जीवन का अन्त निकट आ गया।

ग्रीष्मकाल की रात्रि की वह तपन धीरे-धीरे मिटती जा रही थी, वह तप्त हवा अब कुछ शीतलता धारण करने लगी थी—और जब उसकी चेतना वापस लौटी, पक्षी कलरव कर रहे थे, प्रातःकालीन सूर्य की किरणों ने उष्णता धारण कर ली थी और बगल में सोई हुई बीथिका जागकर अपने नित्य के कर्मों में लग गई थी। चाणक्य ने अनुभव किया कि उसका सिर भारी हो रहा है।

नित्य-कर्म से निवृत्त होकर वह अपने ध्यान-पूजन पर बैठ गया। लेकिन उसे लग रहा था कि यह ध्यान-पूजन भी किसी औपचारिकता का एक भाग-भर है जिसने उसके जीवन पर अधिकार कर लिया था।

ध्यान-पूजन समाप्त करके वह अपने कक्ष में बैठ गया। उसने अपनी लेखनी उठा ली, भोज-पत्रों का एक गट्ठर उसके समीप था, और जीवन की रिक्तता दूर करने के लिए उसने व्यस्तता का अवलम्ब लिया।

नीति-सम्बन्धी अपने अनुभवों एवं अपनी मान्यताओं को 'नीति-दर्पण' नामक ग्रन्थ में वह संकलित कर चुका था। उसका वह ग्रन्थ अत्यन्त महत्त्वपूर्ण है, लेकिन वह अमरता प्राप्त कर लेगा—इसका विचार ही उसके मन में नहीं आने पाया था, सृजन की प्रक्रिया में विगत की उपलब्धियों के प्रति उदासीन हो जाना ही जीवन के क्रम को चलाता है।

पाटलिपुत्र के राज-वैभव से उसे अरुचि हो गई थी—कहाँ से चलकर वह कहाँ आ पहुँचा है, और निरन्तर चलते रहने के क्रम में उसे कहाँ जाना है ? रह-रहकर ये प्रश्न उसे कुरेदते रहते थे।

ज्येष्ठ मास की भयानक लू और धूप, और तपती हुई दोपहरी; एकाएक उसने बीथिका को बुलाया। बीथिका उस समय अपने कक्ष में लेटी सन्ध्या काल की प्रतीक्षा कर रही थी। बीथिका ने आकर कहा, "मेरे देवता ने मेरा स्मरण किया है, आज्ञा ?" चाणक्य ने

बीथिका को बैठने का संकेत किया और थोड़ी देर तक मौन भाव से बीथिका को देखता रहा, फिर उसने बीथिका से पूछा, "तुम दुखी तो नहीं हो ? अपने जीवन से सन्तोष है तुम्हें ?"

एक अजीब-सा प्रश्न, बीथिका ने चाणक्य के चरणों पर अपना सिर नवाते हुए कहा, "देवता के चरणों पर मुझे असीम सुख है, कभी-कभी मुझे स्वयं अपने भाग्य से ईर्ष्या होने लगती है।"

एकाएक चाणक्य को लगा कि उसके ऊपर एक तरह का पागलपन छाता जा रहा है, वह उठा खड़ा हुआ और उसने सहसा बीथिका को अपने आलिंगनपाश में भर लिया। मानो बीथिका युगों-युगों से इसके लिए आतुर थी, अब वह चाणक्य के चरणों की दासी न रहकर उसकी प्रेयसी हो गई थी। इतने दिनों तक चाणक्य के साथ वैवाहिक जीवन व्यतीत करने के बाद यह प्रथम अवसर था जब उसने स्वयं अपने अन्दर सक्रियता अनुभव की। ग्रीष्मकाल की वह दोपहर बीथिका के जीवन में वरदान बनकर आई थी। और इसके बाद बीथिका ने अपने घुटनों पर थके हुए चाणक्य का सिर रख लिया और चाणक्य पर पंखा झलने लगी।

बुझने से पहले जिस भाँति दीपक की लौ जाज्वल्यमान हो जाती है, ठीक उसी भाँति काम-वासना का प्रकोप चाणक्य पर छा गया। लेकिन चाणक्य के अन्दरवाली सृजनात्मक प्रतिभा निष्क्रिय नहीं होने पाई, काम-वासना के इन अनुभवों को वह संकलित करता जाता था।

और एक दिन पुरवैया के एक हलके-से झोंके ने जैसे उसकी चेतना उसे वापस दे दी। प्रातःकाल जब वह सोकर उठा, आकाश पर बादल घिर रहे थे। उसके दास-दासियों में एक तरह की हलचल मची हुई थी, हरेक का मुख प्रसन्नता से खिला हुआ था। उल्लास में भरी बीथिका उस भवन का काया-पलट करने में व्यस्त थी, और एकाएक हलकी-हलकी बूँदें पड़ने लगीं। चाणक्य खुले से उठकर

अपने कक्ष में आ गया, कक्ष के समस्त वातायन खोल दिए गए—अलसाया हुआ चाणक्य कक्ष में आते ही फिर लेट गया, और उसे मीठी नींद आ गई।

जब चाणक्य की नींद टूटी, उसे लगा कि वह अचानक युवा हो गया है—तन से नहीं, मन से। वृद्धावस्था की धीरे-धीरे उसके शरीर में पड़नेवाली झुर्रियाँ तो वैसी-की-वैसी थीं—दर्पण मं वह स्पष्ट दिख रही थीं, लेकिन मन में उसे लगा कि उसका यौवन फिर से उसे मिल गया है।

बीथिका गृह के काम-काज की देख-भाल से मुक्त होकर अलसाई-सी चाणक्य के पास बैठी थी—और चाणक्य ने जब बीथिका को भरपूर दृष्टि से देखा, उसे लगा कि बीथिका में असीम सौन्दर्य फूट पड़ा है। बीथिका के सौन्दर्य के प्रति वह अभी तक उदासीन क्यों रहा—उसे इस बात पर आश्चर्य हुआ। प्रायः बत्तीस-तैंतीस वर्ष की युवती थी वह—चाणक्य ने दया के वश होकर उसे आश्रय दिया था। बीथिका के प्रति उसमें सक्रिय रूप से यौन-भावना का अभाव ही रहा था—जो कुछ बीथिका के साथ उसने किया वह मात्र औपचारिक-रूप में।

और उसे लगा कि बीथिका की मुद्रा में एक तरह का निमन्त्रण है उसे। उसने अनायास ही बीथिका को अपने आलिंगनपाश में भर लिया। और उसे लगा कि चाणक्य के आलिंगनपाश में बँधनेवाली बीथिका स्वयं चाणक्य को आलिंगनपाश में कसती जा रही थी। बीथिका के अन्दरवाली काम-वासना निष्क्रियता की स्थिति को तोड़कर हिंसात्मक सक्रियता का रूप धारण करती जा रही है। और दोनों ही एक विचित्र से उन्माद में भरकर एक-दूसरे में लय हो गए।

तीन दिन तक रह-रहकर वर्षा होती रही, और तीन दिन तक दोनों ही एक-दूसरे में लय पड़े रहे।

चौथे दिन आसमान छँट गया। खुली धूप निकल आई थी, और

उनके चारों ओरवाली भूमि हरीतिमा से लहलहा रही थी। अपने अन्दरवाली से तो इतना नहीं जितना अधिक बीथिका के अन्दर फूट पड़नेवाली काम-प्रवृत्ति से चाणक्य चिन्तित हो उठा। उसे लगा कि भोग-विलास और सम्पन्नता से भरी पाटलिपुत्र नगरी का परित्याग करना उसके लिए इष्ट होगा। उसने बीथिका को आदेश दिया कि वह अपनी और चाणक्य की वस्तुओं को बटोर ले—पाटलिपुत्र की अभिशप्त नगरी को अन्तिम प्रणाम करने का उसने निर्णय ले लिया था। और उसके इस निर्णय से बीथिका को भी क्लेश नहीं हुआ—वह तो अपना सबकुछ चाणक्य को अर्पित कर ही चुकी थी।

दो दिन के अन्दर ही अपनी निजी नौका पर चाणक्य बीथिका के साथ जल-मार्ग से वाराणसी के लिए चल पड़ा—वह अपने अन्दर प्रसन्न और सन्तुष्ट था।

वाराणसी में गंगा के उत्तर-पश्चिमी तट पर प्रायः एक कोस की दूरी पर एक छोटे-से ग्राम के रूप में कुछ लोग बसे हुए थे, जिसमें अधिकांश देश के विभिन्न भागों में आने वाले वे तीर्थ यात्री थे जो अपना घर-बार छोड़कर उस पवित्र नगरी में मुक्ति पाने की प्रतीक्षा में बस गए थे। वहीं गंगा-तट की एक ऊँची-सी भूमि पर चाणक्य ने अपनी एक कुटी निर्मित करा ली। लेकिन उसे अनुभव हो रहा था कि उसके अन्दर एक सबल जीवन-धारा प्रवाहित हो रही है। और बीथिका के साथ उसका काम-प्रसंग उसी उद्दाम गति से चलता रहा जिस गति को उस काम-प्रसंग ने पाटलिपुत्र में धारण कर लिया था। अन्तर अब यह पड़ा कि वाराणसी में आते ही उसके अन्दर वाला सृजनात्मक विचार भी सक्रिय हो उठा था।

अपने काम-सम्बन्धी अनुभवों को संकलित करने के क्रम में वह लग गया। और उसे लगा कि उसके अन्दरवाला काम-वासना का जो पागलपन जाग उठा था वह छटने लगा है। यही नहीं, स्वयं बीथिका भी अनायास ही जो काम-पिपासा बाँध तोड़कर जाग उठी

थी, वह तृप्त हो रही है। उसे यह अनुभव करके सन्तोष और हर्ष हुआ।

अपने काम-सम्बन्धी अनुभवों के आधार पर उसने काम-सूत्र नामक ग्रन्थ की रचना की।

और उसी समय उसे तक्षशिला में मिला हुआ अपने गुरु शैवाल का आदेश याद आया—'अपने अंह को तुम मानस में लय करके मुक्त हो जाओ।'

तो इस काम-सूत्र का रचयिता कौन होगा ?

एकाएक उसे याद हो आया कि उसने वात्स्यायन गोत्र में जन्म लिया है, और उसने इस ग्रन्थ का नाम वात्स्यायन कामसूत्र रख दिया। उसे पंडितों के लिए प्रकाशित करके तथा पंडितों के बीच इस ग्रन्थ का मौखिक प्रचार करके चाणक्य ने इस काम से भी मुक्ति पा ली।

धीरे-धीरे काशी के पंडितों को यह पता लगने लगा कि अपूर्व और विलक्षण प्रतिभा से सम्पन्न चाणक्य ने पाटलिपुत्र छोड़कर काशी में अपना स्थान बना लिया है।

इस ग्रन्थ से धर्माचार्यों और धर्माध्यक्षों में चाणक्य के प्रति विक्षोभ और विद्रोह की भावना फैलने लगी। चाणक्य की कुटी में इन विद्रोही और क्रुद्ध ब्राह्मणों की सुबह से शाम तक भीड़ जमी रहती थी, और चाणक्य को स्वयं अपनी स्थिति खतरे में दिखने लगी। धर्म में पागल लोग न जाने कब क्या कर बैठें।

एक रात लोगों की दृष्टि बचाकर चाणक्य बीथिका के साथ अपना थोड़ा-सा सामान लेकर पाटलिपुत्र के लिए चल पड़ा। पाटलिपुत्र में सम्राट चन्द्रगुप्त के पास अपने आने का समाचार भेजा। यह समाचार पाकर चन्द्रगुप्त आश्चर्य से भरा स्वयं चाणक्य के सम्मुख उपस्थित हुआ। चाणक्य का चरण-स्पर्श करके चन्द्रगुप्त ने पूछा, "आचार्य को काशी-प्रवास से सन्तोष नहीं हुआ क्या ?"

"तुम्हारा अनुमान अंशतः ठीक है—मेरे काशी-प्रवास से काशी के धर्माध्यक्ष क्षुब्ध हैं। लेकिन मैं पाटलिपुत्र नहीं लौटूँगा, काशी के पश्चिम में प्रयाग अथवा मथुरा की ओर जाना चाहता हूँ। हम केवल दो प्राणी हैं, मैं और बीथिका—बस, एक व्यवस्था चाहता हूँ।"

चन्द्रगुप्त ने कहा, "मौर्य-सम्राट का समस्त कोष आचार्य के चरणों पर अर्पित है, आज्ञा दें।"

"जहाँ भी मैं जाऊँ, वहाँ मेरी उपस्थिति और स्थिति का ज्ञान सिवा तुम्हारे और किसी को न होने पाए। और प्रतिरक्षा के रूप में जिस आर्थिक सहायता की मुझे आवश्यकता हो, वह नियमित रूप से मुझे मिलती रहे।"

"ऐसा ही होगा।" चन्द्रगुप्त ने मस्तक नवाकर उत्तर दिया।

उपसंहार

'नीति दर्पण' का प्रणेता चाणक्य कहाँ लोप हो गया—किसी को इसका पता नहीं; 'कामसूत्र' का प्रणेता वात्स्यायन कहाँ विलीन हो गया—किसी को इसका ज्ञान नहीं। लेकिन यह दोनों ग्रन्थ स्थापित हो गए थे, इनका महत्त्व नित्य-प्रति बढ़ता जा रहा था।

चाणक्य अपना सबकुछ काशी के भिक्षुकों को बाँटकर बीथिका के साथ अकेला चल पड़ा। उसकी प्रतिरक्षा के लिए छद्मवेश में चन्द्रगुप्त के कुछ अनुचर अवश्य थे और उसके पास था सम्बल के रूप में आवश्यक स्वर्ण। दो दिन की यात्रा के बाद वह प्रयाग के उत्तरी अंचल में पहुँचा, जहाँ से गंगा नदी पार करके तीर्थराज प्रयाग में प्रवेश करने का जल-मार्ग था।

पतित-पावनी गंगा के उत्तरी तट पर एक समतल टीले पर एक छोटी-सी बस्ती थी—जीवन की समस्त सुविधाओं से युक्त, और उस बस्ती में पंडितों का अभाव था, अधिकांश में परिश्रम करके जीवित रहनेवाले लोग। जिस समय चाणक्य बीथिका के साथ वहाँ प्रवेश कर रहा था, सूर्यास्त हो रहा था। मनोहर दृश्य ! चाणक्य मन्त्र-मुग्ध-सा

उस सूर्यास्त के दृश्य को देखता रहा और फिर एक खंडहर मकान में उसने रात बिताई। गन्तव्य उसे मिल गया था, जीवन के शेष दिन गंगा-तट पर बसे इस ग्राम में बिताने का उसने संकल्प कर लिया। प्रातःकाल उसने वहाँ एक कुटी बनाने का काम आरम्भ कर दिया, जिसमें समस्त सुविधाएँ उपलब्ध हों।

पूर्ण रूप से उसे शान्ति मिली वहाँ पर। और एकाएक उसे अनुभव हुआ, जिसे वह शान्ति की अवस्था समझता था, वह कृत्रिम अवस्था थी। मनुष्य को जीवित रहने के लिए आजीविका की नितान्त आवश्यकता है, और यह आजीविका अर्थ में केन्द्रित है। चन्द्रगुप्त से उसने इस अर्थ की व्यवस्था कराई थी अपने लिए।

धर्म-अर्थ-काम-मोक्ष ! जीवन के यही अवयव हैं, और इन्हीं की व्याख्या में उसका जीवन सन्निहित रहा है। धर्म की स्थापना के लिए नीति की नितान्त आवश्यकता है, बिना नीति की सहायता के धर्मों के निरन्तर बनने और नष्ट होने की परम्परा है—और नीति का क्या रूप है उसने इसकी व्याख्या करके धर्म को चिरस्थायी बनाने का प्रयोग किया।

जहाँ तक काम का सम्बन्ध है, यह समस्त प्राणियों में समान भाव से मौजूद है। लेकिन अन्य प्राणियों में यह काम-वासना मात्र प्रजनन के लिए है जबकि बौद्धिक मानव ने इस काम-वासना का अपने आनन्द के लिए सहारा लिया। 'कामसूत्र' की रचना करके चाणक्य ने मनुष्य की काम-वासना के विभिन्न रूपों पर प्रकाश डाला है, नितान्त वैज्ञानिक ढंग से। चाणक्य के युग के बहुत बाद भी उसका यह ग्रन्थ कामशास्त्र पर सर्वश्रेष्ठ ग्रन्थ माना जाता है।

और मोक्ष ! चाणक्य समस्त कार्य पूर्ण कर मोक्ष प्राप्ति में लग गया।

●●●